徳 間 文 庫

南アルプス山岳救助隊K-9

それぞれの山

樋 口 明 雄

徳 間 書 店

目次

リタイア　7
孤高の果て　175
解説　西上心太　337

主な登場人物

山梨県警南アルプス署地域課山岳救助隊

星野夏実　山岳救助隊員、ボーダー・コリー、メイのハンドラー。巡査部長
神崎静奈　山岳救助隊員、ジャーマン・シェパード、バロンのハンドラー。巡査部長
進藤諒大　山岳救助隊員、川上犬、リキのハンドラー。チームリーダー。巡査部長
深町敬仁　山岳救助隊員、巡査部長
関真輝雄　山岳救助隊員、巡査長
横森一平　山岳救助隊員、巡査
曾我野誠　山岳救助隊員、巡査
杉坂知幸　山岳救助隊副隊長。巡査部長
江草恭男　山岳救助隊隊長。警部補

＊

納富慎介　山梨県警航空隊隊長。救助ヘリ〈はやて〉機長。警部補
的場功　山梨県警航空隊。〈はやて〉副操縦士。巡査部長
飯室滋　山梨県警航空隊。整備士。巡査部長

松戸颯一郎　白根御池小屋管理人
小林和洋　肩の小屋管理人
滝沢謙一　広河原山荘管理人
安西友梨香　人気アイドルグループ〈ＡＮＧＥＬＳ〉のリードヴォーカル
鷹森壮十郎　ミステリ作家
兼田浩平　日新書房文芸編集部員。鷹森の担当編集者
中砂和俊　警視庁阿佐ヶ谷署刑事組織犯罪対策課組織犯罪対策係（組対係）捜査員。警部補。息子の雅斗を山で亡くす
中砂瑠璃子　中砂の妻。雅斗の母親
関泉美　関隊員の妻
関千晶　関隊員の妹。環境省の出先機関・野生鳥獣保全管理センター（ＷＬＰ）八ヶ岳支所に勤務。野生鳥獣保全管理官
新海繁之　野生鳥獣保全管理官。ベアドッグのハンドラー
大柴哲孝　警視庁阿佐ヶ谷署刑事組織犯罪対策課強行犯係捜査員。巡査部長
真鍋裕之　警視庁阿佐ヶ谷署刑事組織犯罪対策課強行犯係捜査員。大柴の相棒。巡査部長

リタイア

1

高層ビルの真上、薄曇りの空に、おぼろげな三日月がかかっている。

風がなく、穏やかな都会の冬だった。

「今日は誘ってくれてありがとう。おかげで楽しかった」

神崎静奈《かんざきせいな》が歩きながらいった。

「かぶりつきの席だったから、凄《すご》い迫力でしたね」

肩を並べて歩く星野夏実《ほしのなつみ》は、まだ少し上気した顔だ。

気温は五度ぐらいだろう。ふたりとも吐く息は白いが、夏実は薄手のニットにゆるめのボトムス。静奈はお気に入りのアンダーアーマーのウインドブレーカーにスリムのジーンズ。そんな薄着に、コートやダウンで着ぶくれた都会の人々が振り向くこともある。

ともに山梨県警南アルプス警察署地域課の女性警察官で、山岳救助隊員でもある。薄着なのは、厳冬期の山にしょっちゅう入っているがゆえ、寒さへの耐性がついてしまったためだ。

ふたりとも休暇中で、人気アイドルグループ〈ANGELS〉のコンサートのために上京していた。九段下にある東京武道館で行われた二時間あまりのステージを楽しみ、それが終わって、近くのレストランで夕食をとり、これから宿泊先のホテルに向かうところだった。

靖国通りから目白通りに入った。

相変わらず、広い車道をひっきりなしに車が行き来しているが、歩道を歩く人の姿は少ない。時刻は午後九時を回ったばかりだというのに、繁華街から離れているためか、周囲にはオフィスビルや高層マンション、コンビニエンスストアぐらいしかなかった。

「彼女たち、去年のアメリカでのツアーも成功だったって？」

〈ANGELS〉の北米ツアー公演のことは、夏実もネットニュースで見ていた。

「しかも、あっちで発売されたベストアルバムが、ビルボードの全米チャートで三週連続一位ですよ」

「日本を飛び出して、いよいよ世界的なスターね」

静奈が笑った。「そんなトップアイドルと親友って、どんな気持ち？」

「親友だなんて。ちょっと仲良くなれただけですよ」

夏実は肩をすくめ、恥ずかしげに笑った。

二年前。〈ＡＮＧＥＬＳ〉のリードヴォーカル、アイドルタレントでもある安西友《あんざいゆ》梨香《りか》がテレビ番組の撮影で北岳《きただけ》に来たとき、重大事件に巻き込まれた。友梨香のファンと称するストーカーの男性が、ナイフで無理心中をはかったのである。そのとき、彼女の命を救ったのが夏実と救助犬のメイだった。

以来、ふたりはときどき電話をかけ合ったり、プライベートで会ったりしている。

いつも「コンサートを見に行きます」とか「ライヴ、楽しみにしてます」などと夏実はいうが、何しろ仕事が多忙なために社交辞令のようになってしまっていた。そんな最中、十二月半ばに武道館で行うコンサートのペアでの招待チケットが、友梨香本人から送られてきた。ちょうどその時期に休暇が取れることもあって、夏実は静奈を誘ったのだった。

「ところで私なんかで良かったの？」

「え？」

「だって、深町《ふかまち》くんを誘えば良かったのに」

顔全体が熱くなったような気がして、夏実はあわててあらぬほうを向いた。

「……ちょうど都合が悪かったって」

深町がこの日に合わせて休暇が取れなかったのはたしかだ。

すぐに振り向き、こういった。

「だけど静奈さん。けっして代役ってわけじゃないですから」

「いいのよ。そんなに気にしなくても。おかげで楽しませてもらったわけだし」

楽しそうに笑った静奈が、ふと真顔になる。「だけど、あんたたちってどこまで進展してるの？　まるでウブな十代みたいに奥手のカップルだから、気になって仕方ないわ」

「別にどこまでって……」

歩きながら考え込み、夏実はいい返した。「そういう静奈さんだって、自衛官の彼と別れたきり、浮いた話のひとつもないじゃないですか」

「それ、いわないの」

静奈がふて腐れた顔をしたので、夏実は少し噴き出しそうになった。

いつしか、ふたりの歩調が少し遅くなっていた。

夏実たちの前を男がひとり歩いているからだ。

千鳥足とまではいかないが、明らかに酔っ払っているようだ。

こちら側の車線と歩道の間に工事のフェンスが延々と並べられていて、歩く道幅がかなり狭くなっている。だから追い抜くことができず、仕方なく歩調を合わせ、後ろを歩いていたのだった。

後ろ姿ゆえに年齢は判別しづらいが、胡麻塩《ごましお》頭に猫背。おそらく五十代の半ばから六十前後。荷物は持たず、よれよれのスーツ姿。両手をズボンのポケットに入れて、ふらりふらりと揺れながら歩を運んでいる。

年の瀬が近いという時節柄、酔っ払いは珍しくはなかったが、当人はすぐ後ろに人がふたり――それも若い女性がいることに気づきもしないで、マイペースな歩調でゆっくりと歩き続けている。

さすがに苛立《いらだ》ってきた夏実が小声でいった。

「向こう側に渡りませんか?」

「ここって横断歩道もないし、交通ルール無視しちゃまずいでしょ」

夏実は肩を落とした。「ですよね。私たち、いちおう警察官だし」

「そうよ。いちおう、ね」

静奈が笑っていったときだった。

歩道の前方から、若者が三名、歩いてくるのが見えた。

それぞれ茶髪やスキンヘッド。革ジャンやダウンジャケット、ジーンズといった出で立ちである。いかにも〝ヤンキー〟という言葉が似合いそうな連中だった。

酔っ払いの男は少しふらついたまま歩き、三人の間を抜けようとした。その瞬間、ひとりの若者の肩にまともにぶつかった。しかし男は何事もなかったかのように、そのまま歩き続ける。

三人が同時に向き直った。

――オッサン！

髪を茶色に染めたひとりが濁声《だみごえ》を放った。

男は気づかないのか、ふらふらと歩いていく。

若者たちは顔を見合わせ、男のあとを追いかけた。

後ろから追いすがりざま、てんでに罵声《ばせい》を放った。男のスーツの肩や腕を摑《つか》んで、強引に引っ張り、近くの狭い路地に引きずり込んだ。

彼らの姿が見えなくなったとたん、静奈が立ち止まった。

そのまま、しばし沈黙している。

「……どうするんですか」

「どうするもこうするも、警察官の職務を遂行するまでよ」

すでに目が据わっている。

「でも、ここってうちと管轄が違うし」

「だからって見過ごすことはできないわ」

夏実は眉を寄せて、つぶやいた。「もう、静奈さん……」


古いビル同士が隣接した隙間《すきま》にある狭い路地だった。

左右はコンクリの壁だ。他に人通りはない。

その隘路《あいろ》の途中で、さっきの酔った男が若者たち三名に囲まれていた。

「そっちから人にぶつかっといて、バックレかよ。オッサン」

茶髪の若者が怒声を放ったが、男は返事もなく、その場に佇立《ちょりつ》していた。酩酊《めいてい》して
いるのか、眼鏡の奥でトロンと虚ろな目をしている。

「何とかいえよ、こらぁ！」

革ジャンの若者がいって、男の肩を無造作に突き飛ばした。

よろけて尻餅をつきそうになったところを、ダウンジャケットの若者に羽交《はが》い締《じ》めにされ、茶髪の男にネクタイを引っ張られた。しかし男は相変わらずぼうっとした表情のまま、口を半開きにしていた。

「人を突き飛ばしといて詫《わ》びもなしかよ。慰謝料ぐらい出してくれんだろうな」

茶髪がそういい、顎《あご》を突き出して男に顔を近づけた。

酔った男は呆《ほう》けたように口を開いていたが、ふいにニヤッと笑った。

「青年たちよ！」

大げさに両手を広げ、濁声で楽しげにいった。「大志を抱いておるか？」

三人の若者はあっけにとられた顔を見合わせた。

「こいつ、アホじゃね？」

茶髪がネクタイを離し、拳をふるって男の顔を殴りつけた。

黒縁の眼鏡が吹っ飛び、男はたまらずアスファルトの上に転がった。

茶髪の若者は顔をしかめていた。人を殴ったのは初めてだったのか、手首を押さえながら倒れた男の上にまたがると、ズボンから財布を抜いた。

「二千円ぽっちかよ。カードもねえし、しけてやんの」

札を抜いた財布を傍《かたわ》らに放って彼がいったとき、すぐ近くに立っている夏実と静奈に気づいたようだ。驚いた顔になった。

あとのふたりも、いっせいに顔を向けてきた。

夏実は思わず緊張する。

職業柄、こういうトラブルの現場に立ち会うことは多いが、何度経験しても馴れるものではない。一方、静奈のほうはというと、馴れどころか余裕綽《しゃくしゃく》々、楽しくて仕方がないといった表情だ。

夏実をその場に残すと、軽やかな足取りで三人に歩み寄った。

「何だよ、あんた」

向かい合って立つ静奈の姿を見て、ダウンジャケットの若者がいった。「見世物じゃねえんだよ」

すると革ジャンの若者がニヤリと笑っていった。

「俺はしけたオッサンよりも、こっちのきれいな姉ちゃんのほうがいいな。ちょっと付き合ってもらえねえかな?」

あとのふたりも、いやらしい笑いを浮かべる。

ダウンジャケットの若者が、離れて立っている夏実を見た。「そっちの彼女も、けっこう可愛くね？」

夏実はドキリとしたが、ぐっとこらえた。

茶髪の男がゆっくりと歩き、静奈と向かい合い、足を止めた。

ねちっこい視線を顔から足先まで移動させて品定めをすると、あらためて彼女の顔を見た。いやらしい笑いを見せながら、静奈に手を伸ばし、腕を強引に摑み、自分に引き寄せようとした。

静奈が黙って動いた。

夏実の目には、彼女の姿が消えたとしか見えなかった。

気がついたとき、静奈は茶髪の若者を後ろ手に捉《とら》え、容赦なくひねり上げていた。

激痛に若者が顔を歪《ゆが》め、苦悶《くもん》の声を放った。

「こいつ。ふざけてんじゃねえよ」

革ジャンの若者が怒声を放ち、静奈の後ろからかかっていく。

彼女は茶髪の尻を靴底で蹴飛ばし、素早く向き直った。ポニーテールの髪が躍った瞬間、しなやかに繰り出され、風を切ったジーンズの左脚が相手の横顔を打ちのめした。革ジャンの若者がすっ転んで、路上に横倒しになった。

三人目――ダウンジャケットの男は、あっけにとられた顔で静奈を見つめていたが、少し離れた場所に立っている夏実に気づき、何を考えたのか、彼女に向かって走ってきた。

逃げる余裕もなく、夏実はジャンパーの襟を摑まれた。若者が素早く背後に回り込み、彼女を羽交い締めにした。

「おとなしくしろ。さもないと……!?」

ダウンジャケットの若者の声が途切れた。

夏実は本能的に動いていた。自分の首に回されていた腕。その拇指《おやゆび》を握って相手の手を引き剝《は》がしざま、体を前屈《まえかが》みにしながら、背後の若者を前方に投げ飛ばした。

一本背負いである。

若者が空中で半回転し、アスファルトに背中を叩《たた》きつけられ、「ぐぅ」とうめいた。身を起こした夏実はホッとして、汗ばんだ前髪をかき上げると、仰向けに転がった若者を見下ろした。

横たわったまま、あっけにとられた表情で夏実を見上げている。自分に何が起こったのか、わかっていないようだ。

静奈はゆっくりと歩いた。

最初に突っかかってきた茶髪の若者の前に歩いて行き、向かい合わせに立った。

「で……私たちにどこに付き合えって？」

涼しげな顔でいう静奈。青ざめながら見ていた彼は、しきりに目を泳がせた。

突然、乱雑な足音がした。

最初に逃げ出したのは革ジャンのひとりだった。

夏実のすぐ前をすれ違うように駆け抜け、脇目も振らず、路地を走り去っていく。

続いてダウンジャケットの若者がよろよろと立ち上がり、おぼつかない足取りであとを追った。

静奈の前に立っている茶髪は、ふたりが逃げるのを見て、焦り顔になった。とっさに逃げようとしたとたん、静奈に肩を摑まれ、振り向いた。怯《おび》え顔だった。

「な、なんだよ……」

「さっきのお金を返しなさい」

静奈にいわれ、茶髪の若者は目をしばたたいた。ようやく気づいて、ジーンズのポケットに手を突っ込み、クシャクシャになった千円札を二枚、引っ張り出した。

それをもぎ取って、静奈がいった。

「これに懲《こ》りたら、もう二度とオヤジ狩りなんてしないことね。さもないと――」

顔をそっと寄せて、ゆっくりといった。「逮捕しちゃうぞ」

若者が目を剝《む》き、あんぐりと口を開いた。

しばらく突っ立っていたが、やがて我に返ったように静奈に背を向け、途惑ったような顔でふらりと歩き出した。夏実の前を横切ると、にわかに走り出した。あわてふためいた様子で路地の出口へと去って行く。

夏実は肩を上下させて、ホッと息をついた。額の汗をまた拭《ぬぐ》った。

一方、静奈は平然とした顔で、呼吸ひとつ乱れていない。

「夏実。あなた、大丈夫？」

「あ……はい」

無理に作り笑いをして、静奈にそういった。まだ胸がドキドキしていた。

酔っ払いの男は、路上に仰向けになったままだった。

夏実たちが近づいてみると、あきれたことにかすかに鼾《いびき》をかきながら眠っている。

この寒空の下、大の字である。

ふたりはさすがにあきれた。

静奈が路上に棄てられていた財布に、取り戻した二千円を入れた。それから近くに落ちていた眼鏡を拾ったが、落ちた衝撃のためか、片側のレンズがひび割れていた。

仰向けの男の横にしゃがみ、静奈が彼の頰《ほお》を軽く叩いた。

「いいかげんに起きてもらえます？」

男はゆっくり瞼《まぶた》を開いた。

上体を起こして、寝ぼけ眼のような半眼で周囲を見回してから、静奈の顔を見た。

「……私はいったいここで何をしてる？」

「あきれた」

片眉を上げて静奈がつぶやく。

夏実が苦笑して隣にしゃがんだ。「悪い人たちに因縁つけられて、たかられてたんですよ」

「私が？」

そういって男は頭を掻《か》いた。

「これ。取り返しておきました」

静奈がそういって財布を返した。壊れた眼鏡も渡す。男は合点のいかない顔で受け取る。

眼鏡をかけると、片側のレンズが壊れていることに気づいたらしい。痣《あざ》のある顔をそっと撫《な》でながら、眉根を寄せた。ようやく思い出したようだ。

「助けてくれたのか」

「いちおう……警察官なので。管轄が違うし非番でしたけど」

男はマジマジとふたりの顔を見てから、フッと小さく鼻息を洩《も》らした。

「ちと、付き合ってくれんか」

「え」

夏実が驚いた。「付き合うって、どこにです？」

「飲み直すんだよ」

「どうして私たちが？」

「袖ふりあうも多生《たしょう》の縁というだろう。奢《おご》ってやるからついてこい」

酔っ払っているわりには、男はやけに饒舌《じょうぜつ》だった。

無理に立ち上がろうとし、ふいによろめいてまた倒れそうになる。それをとっさにふたりが支えた。

「こんなに飲まれてるんですから、もう帰られたほうがいいですよ」と、夏実。

「何いってんだ。まだ宵の口だろ。これからじゃないか」

ふたりの手を振り払い、ふらふらと勝手に歩き出す。

静奈が眉根を寄せて夏実を見つめた。

「奢るったって……たったの二千円っぽっちしかないのに？」

そういって男を追いかける。

夏実も苦笑して静奈に続いた。

2

目白通り沿いの小さな焼き鳥屋だった。

表に吊るされた赤提灯《あかちょうちん》が目立っていた。

引き戸を開けて入ると、カウンターに常連客らしい中年男がふたり。壁際に木造りのテーブル席が三つあったが、いずれも空席だったので、いちばん奥のテーブルを選んだ。

男はよれよれのスーツの上着をもどかしげに脱いで、隣の座席に置き、ネクタイを緩《ゆる》めながら椅子に座った。夏実と静奈が向かい合って座る。

あらためて男を見た。

胡麻塩頭で額が禿《は》げ上がり、ほつれた髪が耳の後ろでピンとはねている。額の上に大きな黒子《ほくろ》がひとつ。口の周りは白い無精髭《ぶしょうひげ》が針のように生えていた。左の頰には殴られた痣が青黒く残り、黒縁眼鏡は片側のレンズがひび割れたままだ。

「とりあえず、ビール。グラスは三つだ」

男はカウンターの奥にいる割烹着《かっぽうぎ》の主人らしき初老の男に濁声を飛ばした。

酒臭い息が漂ってくる。

一見客《いちげんきゃく》のそんな無礼な態度に、店主はむっつり顔のまま、罎《びん》ビールとグラス、お通しの小皿を載せたトレイを運んできて、それぞれテーブルに乱暴に置いた。

「この店、煙草《たばこ》はいいのか？」

男に訊《き》かれると、店主は黙ってカウンターの向こうへ戻った。陶器の灰皿を持ってくると、テーブルにドンと置いて、また厨房《ちゅうぼう》に帰った。

夏実は罎を取って、三人分のグラスにビールを注いだ。

「まずは乾杯」

男がグラスを持ち上げた。

「何に乾杯なのよ」あきれた顔で静奈がいう。

「いいじゃないか。われわれの偶然の出会いに乾杯、だ」

そういって、テーブルに置かれたままのふたりのグラスに、勝手に自分のグラスを当ててから、グイッとビールをあおった。

男が喉を鳴らし、実に美味《うま》そうに飲んでいるのを、夏実はあきれて見つめていたが、隣の静奈と目を合わせ、また苦笑いした。グラスのビールを少し飲み、それから小皿のもずくを少し食べる。

「何でもいいから、どんどん注文してくれ」

男はグラスをテーブルに置くと、メニューを夏実に渡し、相変わらずの濁声でいう。

懐から煙草のパッケージを取り出し、一本くわえてジッポーで火を点けた。銘柄はハイライトだった。

「どんどんったって、どうせこっち持ちなんだから」

静奈があきれ顔でいい、厨房の店主に向かって焼き鳥のセットを注文した。

男はくわえ煙草で、ひび割れた眼鏡を指先で押し上げ、酔眼でふたりを見た。

「ところで名前を聞いていなかったな?」

「神崎です。こちらは星野」

「さっき警官だとかいっとったが。どこの警察署だ?」

「山梨県警です」と、夏実がいう。

「それで、あなたは?」

静奈が訊くと、男がふいに真顔になった。「私を知らんのか」

夏実たちはまた目を合わせた。静奈があからさまに肩をすくめている。

ふたりの前に遠慮なく煙を噴き出し、不機嫌な顔で男がいった。

「鷹森壮十郎《たかもりそうじゅうろう》だ」

立ちこめる紫煙の中、夏実と静奈はしばし黙っていた。

男はあっけにとられたような顔になり、目をしばたたいた。

「だから、鷹森壮十郎だといったのだ」

彼は空になったグラスに手酌でビールを注ぎ、また半分ほど飲んだ。

グラスを置く。口の端についた泡を拭おうともしない。

「あの……それって誰、ですか」と、夏実。

鷹森が鼻腔《びこう》を広げ、憤然といった。「小説を読まんのか！」

夏実は少し身を引き、恐る恐るこういった。

「たまに村上春樹とか……あー、〈ハリー・ポッター〉シリーズはいちおう通しで全巻読みました」

鷹森は不機嫌な顔になり、黙って拳でテーブルを乱暴に叩いた。

弾みでビール罎が倒れかかったのを、とっさに静奈が掴む。

「ミステリの話だ」

「宮部みゆきさんとかなら……」

鷹森の鼻腔がさらに大きくなった。

「ハードボイルドや冒険小説は？」

「ごめんなさい」

仕方なく夏実は頭を下げる。ふいに顔を上げ、こう質問した。

「……もしかして、あなたは作家さんなんですか？」

煙草を灰皿に横たえると、口の端の泡をようやく手の甲で拭い、彼がいった。

「いかにも。鷹森壮十郎だというておる」

そのとき、彼のズボンのポケット付近で携帯電話の着信音が鳴った。

鷹森は折りたたみの旧式な携帯電話を取り出し、しげしげと画面を見てから耳に当てた。

「もしもし……」

――先生。日新《にっしん》書房の兼田《かねだ》です。

電話の向こうの男の声が聞こえた。

きっと担当編集者だと夏実は思った。

だとすれば、作家というのは嘘《うそ》やはったりではなさそうだ。それにしても、ふつうなら携帯の通話は人前ではなく、遠慮して店の表に出たりするものだが、この男にはそういう常識もないらしい。

——今、どちらにおいでなんですか。ずっとお待ちしているんですが？

相手の声はひどくいらついているようだ。

「ここはなんていう店だ？」

鷹森が訊いてきたので、夏実は店内を見回した。壁に貼られた手書きのメニューに《〝寿光《じゅこう》〟名物・地鶏モツ煮》と読めた。

「九段下の〝寿光〟っていうお店です」

店名をいうと、鷹森がそれを伝えた。

「……ところで、はて。兼田くんとは何かの予定だったかな？」

——今頃、何いってんですか。いつもの居酒屋で、午後八時という約束だったじゃないですか！　もうかれこれ、二時間近く待ってますよ！　三回も電話をかけたのに、まったくお出にならないし！

「おや。そうだったな」

まるで他人事《ひとごと》のような態度に、夏実はあきれた。

隣に座る静奈が噴き出しそうになって、口を押さえている。

——先生。大事な約束をすっぽかして何やってんですか。

「いや……九段下駅に一時間も早く着いたものだから、勝手に別の店で一杯引っかけてたところだった。たしか、そっちに向かっていたはずなんだが、ええと……どうしてこうなったかな」

──とにかく、すぐにそっちにうかがいます。先生はもうどこにも行かずに、そこで待っていてくださいよ。いいですか？

「ああ。わかった」

携帯電話をたたんでポケットに戻すと、彼はビールのグラスをあおった。

それからまた煙草をくわえ、あらためて夏実たちを見た。

「ところであんたら。警官だっていうし、せっかくだから、ここで取材させてもらっていいかな？」

酔眼でそういうので、夏実は少し引いてしまった。

「困ります。私たち、プライベートですし」

静奈がきっぱりといった。

「交通課か地域課の勤務だろう？」

唐突にいわれて、夏実が驚く。「どうしてわかるんですか」

「ふたりともよく日焼けしてるから、事務などの内勤じゃないはずだ。しかしパトカー乗務だとしても、そこまで見事に日焼けはしないはずだが」

夏実たちは一年の半分は山岳救助などで山にいる。だから、日焼けもすれば雪焼けもする。作家ならではの観察眼なのだろうかと、少し驚いた。

「山梨といえば、八《やつ》ヶ岳《たけ》や南アルプスが有名だが、あんたら登ったことはあるか」

「ええ……まあ、いちおう」

遠慮がちに答えておいた。

すると鷹森はこういった。「実は、今度の新作で山を舞台にしようと思っているんだ」

「つまり、山岳ミステリ？」と、夏実。

鷹森はわざとらしくふんぞり返り、腕組みをした。「そんなところだ。ネタ探しの最中なのだがね」

「ネタだったら、いっぱい知ってるけど？」

静奈が眉をひそめて小声でいったが、鷹森は気づかなかったようだ。

「いいかね。キミらがどれだけ登山をするか知らんが、山という場所は危険なところなんだ。平地なんかよりもずっと死に近い世界だ。だからこそ、緊迫した物語がそこで生まれるんだよ」

「はあ」

夏実が脱力してつぶやいた。

「三千メートル級の山に登ってみればわかる。都会を離れて、遥かなる神々の山嶺《いただき》に立ち、そこでおのが魂を解き放つ。まさに生きているという実感が湧くのだ」

「それで……鷹森さんはよく山に登られるんですか？」

夏実が少し興味を持って訊いた。

すると鷹森は、なぜか気まずい顔になった。「まあな」

焼き鳥のセットが運ばれてきた。

「ま。どんどんやってくれ」

鷹森は空になった罎を掲げて、むっつり顔の店主にいった。「親父。ビールをもう一本、頼む」


ガラリと表の出入口の扉が開いた。

暖簾《のれん》をくぐり、入ってきたのはスーツ姿の小柄な中年男性だった。色白で餅のような丸顔。黒い鞄《かばん》を両手で胸に抱き、店内をキョロキョロと見回し、ようやく夏実たちのテーブル席に視線を止めた。

鷹森は相変わらずビール。夏実と静奈は酎《チュー》ハイをジョッキで飲み始めていた。

「先生！」

そういいながら、足早に歩いてきた。

ハンカチでしきりに額の汗を拭《ふ》いている。

「早かったな」と、鷹森がいった。

「押っ取り刀で駆けつけたんですよ。早くて当たり前です」

「日新書房で私の担当をしている兼田浩平《こうへい》くんだ」

鷹森は突っ立っている男をそう紹介した。「こちらのふたりは山梨県警の〝婦人警官〟でな。ちょうど今、取材しているところなんだ」

静奈が咳払《せきばら》いをした。「取材なんか受けてません」

「ま。いいから座りたまえ。兼田くん」

隣の椅子に置いていたスーツの上着を取って、鷹森がいった。

兼田と呼ばれた丸顔の男が、あわただしくズボンのポケットから名刺入れを取り出し、それを夏実たちに差し出した。

日新書房　文芸編集部

名刺にはそう記されていた。

「このふたりもいっしょでいいよな、兼田くん？」

鷹森が濁声でいう。

兼田はあっけにとられた顔で夏実たちを見ていたが、ふと我に返ったようだ。

「鷹森先生。第三者の臨席は困ります」

とたんに鷹森は渋面になった。

「せっかくの美女二名だというのに……」

「私たちならいいんです。席を移りますから、どうぞ」

とっさに静奈がいい、夏実を促して、いっしょに椅子を引いて立ち上がった。

「酒とツマミは持っていっていいぞ」

鷹森はテーブルの上を指さした。

静奈が黙ってふたりぶんのジョッキを持ち、焼き鳥の皿を手にした夏実といっしょに、少し離れた別のテーブル席にそそくさと移動した。

今度はお互いに向かい合わせに座り、ふたりしてホッとした。

静奈が肩をすくめて笑った。

「じゃ。あらためてこっちで飲み直そうか？」

「はい」

ふたりは互いにジョッキを掲げ、音を立てて重ねた。

最前のテーブル席に目をやると、編集者の兼田の向かいで足を組んだ鷹森が、煙草を吹かしながら、ひどく不機嫌な顔をしているのが見えた。

3

神保町交差点に近い靖国通りの途中に、〈日新書房〉と看板を掲げた五階建ての古いビルが建っている。エレベーターが四階で止まって、降りたところに文芸編集部のプレートが壁にはめ込まれていた。

事務机が並んだ雑多なフロア、窓際の一角に、兼田浩平のデスクがあった。

傍らにインスタントコーヒーを淹《い》れたカップを置き、兼田は長編小説のゲラのチェックを続けていた。眠気をもよおす、うららかな五月の午後。柔らかな春の日差しがブラインド越しに差し込み、ゲラの横に頬杖を突いたまま、ウトウトと舟をこぎ始めていた。

だしぬけに肩を叩かれて、ハッと目を覚ました。

顔を上げると、痩《や》せぎすの中年男が立って、彼を見下ろしていた。三石《みついし》という名の同僚である。兼田は書籍、三石は隣の文庫編集部で働いている。二十年ばかり前、同期で入社した仲だった。

「ずいぶんとお疲れのようじゃないか」

いわれて眉をひそめた。

欠伸《あくび》が出そうになったのを、あわてて手で覆って止めた。

「ゆうべ、三時過ぎまで付き合わされた。今日じゅうにはこれを校了させなきゃならないから、そのまま社に戻って、ソファで二時間ほど眠ったっきりだ」

そういって、頭を掻いた。

「また鷹森先生か？」

兼田は仕方なく頷《うなず》いた。

「最近は頻度が高い。週に二度か三度。土日祝日も関係なしだ」

三石が苦笑した。「困ったもんだな。忙しいといって断ればいいのに」

「それができたらどれだけいいか……」

両手で顔をこすり、すっかり冷めたインスタントコーヒーを飲んだ。

昨日の夕方、鷹森壮十郎から電話がかかり、兼田は新宿の居酒屋に呼び出された。

仕事の途中だったが、タクシーで駆けつけると、すでに鷹森はかなり酔っていた。

書き始めたばかりの新作のことを滔々《とうとう》と語り、スポーツに政治と、あれやこれや話題が飛んだ。ほとんど独演状態だった。

「そっちは最近どうなんだ」と、兼田は訊いた。

「何しろ若手ばかりだからな。ほとんどメールのやりとりですんでるよ」

今どきは煙草はおろか、酒もほとんど飲まないタイプの作家が増えた。

規則的で健康的な生活を送り、朝昼にパソコンやワープロで原稿を書いて、趣味を楽しみ、夜は早く寝る。のみならず礼儀正しく、ファッショナブルで、イケメンや美女も珍しくない。

蓬髪《ほうはつ》をかきむしりながら胡座《あぐら》をかき、クシャクシャの原稿用紙と乱雑に積まれた資料に囲まれた書斎の机に向かい、万年筆で殴り書きをする、ヘビースモーカーの小説家などというスタイルは、すでに過去のものかもしれない。

かの鷹森壮十郎こそは、まさにそんな前時代の遺物的存在であった。

「それで鷹森先生は新作を?」

「千五百枚の大作になるそうだ。秋頃までには書き終えると張り切ってるけどね」

「あんな古臭いスタイルの小説だ。いくら超大作でも売れやしないよ。こっちから条件とか出せないのか」

「さすがに無理だ。うちとは付き合いも古いわけだし」

兼田はそういって鼻息を洩らした。

四十年前に処女作を出し、それから数年はそれこそ飛ぶ鳥を落とす勢いだったが、さすがに彼の作風は、今どきの読者が飛びつくようなものではなくなっていた。

自分のデスクには、鷹森の著作が数冊、重ねて置いてある。もちろん他社の作品もある。

何しろ〝打ち合わせ〟と称する飲み会で、鷹森はたびたび自作の話題を持ち出してくるため、過去作とはいえ、定期的に読んでおかねばならない。適当に口を合わせていることがばれたとたんに機嫌が悪くなるからである。

兼田は少し迷ってから、いった。

「実はな……今度、登山に付き合わされることになりそうなんだ」

三石が驚いた。「マジか」

「執筆中の新作の舞台が南アルプスという設定らしい。どうしても現地に取材にいくっていうんだよ」

「あの人、登山なんてやるのか？」

「ほぼ未経験というか、登ったのは高尾山《たかおさん》ぐらいだとさ」

「じゃあ、何だってお前が？」

「大学時代に山岳部だったって話をたまたましたら、にわかに乗り気になったんだよ。俺だってあれから二十年近く、山なんて疎遠になってるのに」

三石はあきれ顔でいった。「ひとりで行ってもらえよ」

「それがいえたら、どんなにありがたいか……」

常套句《じょうとうく》を口にして、兼田は悲しく笑った。

4

ＰＬＳ（ポイント・ラスト・シーン）と呼ばれる地点から、救助犬の捜索（サーチ）はスタートとなる。すなわち要救助者の最終目撃地点である。

場所は白根御池《しらねおいけ》小屋と登山道の分岐点である二俣《ふたまた》を結ぶルートの深い森の中。

ボーダー・コリーのメイ、ジャーマン・シェパードのバロン、川上犬《かわかみけん》のリキ——三頭の山岳救助犬が位置に付き、ハンドラーの号令を待っている。

星野夏実、神崎静奈、そしてK－9ユニットと呼ばれる山岳救助犬チームリーダーである進藤諒大《しんどうりょうた》の三名が、それぞれの犬の横に立った。

木の間越しに南アルプスの主峰、標高三一九三メートルの北岳が見えている。

七月初頭。先月まで頂稜《ちょうりょう》付近の岩襞《いわひだ》に斑《まだら》模様に残っていた雪は、ほぼ溶けて消えていた。これからいよいよ夏山の本場のシーズンだ。

〝ビクティム〟と呼ばれる山岳遭難の要救助者は、この待機地点から半径一・五キロ以内のエリアのどこかにいる。足取りを嗅覚で探るトレイリング。風に乗って運ばれる浮遊臭を嗅ぎつけて追求するエア・センティング。救助犬はそれらの技術を日頃の訓練で身につけている。

風は真正面から。捜索に最適な向かい風である。

「GO！」

進藤の合図とともに、夏実たちがそれぞれの犬にサーチの指示を出す。

いちばん若いリキが真っ先に走り出し、続いてメイ、そしてバロン。三頭の山岳救助犬が新緑の樹林帯に分け入っていく。ハンドラーである夏実たちもそのあとを追った。

鬱蒼《うっそう》とした木立の間を足早に抜ける。

ダケカンバや杉の木の合間に犬たちの姿が垣間見える。救助犬は決してハンドラーから離れすぎないように、常に距離を意識しながら行動するように訓練されている。犬たちはジグザグに走って捜索を続けるが、行動範囲は木の密生度や地形によって変わる。また捜索の最中に声を発することは決してない。犬が吼《ほ》えるのはアラートと呼ばれ、〝ビクティム〟を発見したときに限られる。生存あるいはそうでない場合も。

夏実たちは、それぞれの犬たちのアラートを期待して、森の中を走った。

ときおり立ち止まっては風の向きを感知する。あらかじめ推定した〝ビクティム〟の居場所に犬たちを誘導するためだ。微風の場合はタルカムパウダーなどを少量、手から落として、風向きを見極めることもある。

不思議なことに、森の中では、風はなぜか道沿いに吹くことが多い。木立に遮られるためかもしれない。それがわかっているから、夏実たちは自然と登山道や獣道をたどることになる。

静かな初夏の森。ときおり鳥のさえずりが聞こえ、緑の匂いが心地よかった。

サーチを始めておよそ二十分。森の向こうから犬の声が聞こえた。

静寂を切り裂くように何度も吼えている。

リキのアラートだ。

まだ三歳。その若さゆえに、他の二頭よりも常にトップを切り、嗅覚も鋭い。最近では古参のメイやバロンを出し抜いて、いち早く遭難者を発見することが多くなった。

夏実たちが走る。いやが上にもリキのハンドラー、進藤の足が速くなる。

木立を抜けたとたん、大小の岩がゴツゴツと積み上がったような場所に出た。その中途の窪みに〝ビクティム〟の姿があり、すぐ傍《そば》でリキが尻尾を振りながら吼え続けていた。

メイとバロンが少し離れて、やはり激しく尾を振っている。発見の先を越されても、やはりかれらは嬉《うれ》しいのである。

その場に身を隠していたのは、夏実たちの同僚であり、山岳救助隊員の曾我野《そがの》誠《まこと》だった。

照れたように笑いを浮かべ、ズボンに付着した土や落ち葉をはたいて立ち上がる。

「思ったよりも早かったすね」

曾我野が笑う。

進藤がリキの体に手を回し、しきりに誉《ほ》めながらこういった。

「リキは曾我野くんと相性がいいんだよ」

「それじゃ訓練にならないじゃないの」

静奈があきれてつぶやく。

「ここって……」

夏実がポツリといい、全員が彼女を見た。「――たしか、去年の秋、〝オロクさん〟が見つかった場所ですよね」

南無阿弥陀仏《なむあみだぶつ》の六文字から遺体のことをいう登山用語だ。

静奈が、進藤が夏実を見つめ、曾我野があっけにとられた顔をする。

夏実は曾我野がいた場所の少し先を、そっと指さした。

茶枯れた古い花束が、シラビソの立木の根元に横たわっていた。

昨年の十月半ばだった。五十代男性。道迷いで登山道を外れてさまよったあげく、疲労で倒れ込み、そのまま日没後の気温低下にさらされ、心肺停止となった。家族の捜索依頼で救助犬たちがサーチし、遺体を発見したのが、まさにこの場所である。

後日、男性の妻がやってきて、この発見現場に線香と花束を供えた。

あれから七カ月が経過していた――。

「呼ばれたんすかね。俺、ぜんぜん無意識にこの場所を選んでたんすけど」

少し顔色を失った曾我野がいった。

「そういうこともあるさ」

進藤が笑い、彼の肩を叩く。

全員でその場にしゃがみ込み、手を合わせて瞑目《めいもく》した。

それから犬たちをリードに繋《つな》ぎ、全員で白根御池にある警備派出所へと向かった。


白根御池小屋は六月下旬の山開きから、いきなり多忙になる。

この時季にしか見られない固有のキタダケソウ目当てに、多くの人々が国内あちこちからやってくるからだ。そうして登山シーズン最初のピークが無事に終わると、次のピークである真夏の最盛期まで、北岳はつかの間の静けさを取り戻す。

ことに今日は平日ということもあって、小屋の宿泊者は少ないようだ。

訓練から戻ってきた三名のK－9チームと曾我野隊員は、派出所前で荷物を下ろした。

夏実たちはそれぞれの犬を建物の裏側にある犬舎へと引いていき、柵で囲ったドッグランの前でたっぷりと水を飲ませ、ブラッシングをしたりした。

それから犬舎の中に犬たちを入れ、所定の場所で排泄《はいせつ》をさせる。

一日三回。この犬舎の中で排尿あるいは排便をするにとどめ、外では——とりわけ訓練や救助中には絶対にしないというルールを、それぞれの救助犬は厳しく守っていた。

　犬連れ登山の賛否がいわれるが、標高の高い場所に犬を連れ込む行為はたしかに環境へのインパクトが大きい。それを少しでも減らすには訓練を徹底するしかないが、排泄もまた課題のひとつとなる。

　時刻は午後三時を回り、登山者たちの行動がそろそろ終わる頃だった。

　犬たちの夕食は決まって午後五時からで、その前に夏実はメイを散歩させる。訓練や出動で日頃の運動は足りているから、夕刻の散歩は軽く歩かせるだけだ。

　北岳の救助犬はテレビなどで紹介されることが多く、登山者には人気がある。登山者たちに声をかけられながら、夏実とメイはいつものように警備派出所の前を通り、そのまま山頂に向かう登山道のほうへと足を運んだ。

　白根御池がけっしてきれいとはいえない水をたたえ、青空が映り込んだ水面をアメンボたちがスイスイと泳いでいる。

　池の周囲にはポツポツと色とりどりのテントが張られていて、幕営の登山者たちがそれぞれ夕食の準備を始めている。その湯気があちこちに流れていた。

　対岸の草叢《くさむら》の中に、いつものように深町敬仁《たかひろ》の長身が見えている。

イーゼルを前に立っている彼は、夏実とメイに気づいて笑顔になり、手を振った。

それを見て夏実は手を振り返し、池の畔《ほとり》を回り込んだ。

少し高くなった草地に上がると、深町の隣に歩み寄った。

そこには大きな白い岩があり、てっぺんに小さな観音像が建てられている。昭和三十四年に北岳で事故があり、その鎮魂と登山者の無事のために建立されたものである。

メイが自分から夏実の横に腰を落とし、停座の姿勢となった。

長い舌を垂らし、嬉しそうに夏実たちを見上げている。

「訓練、ご苦労様。どうだった？」

「やっぱり、リキと進藤さんがダントツですよ」

「リキは若いからな」

深町にいわれ、夏実が頷き、微笑《ほほえ》んだ。

先月末は多忙だった。とりわけ土日は登山客の集中があって、それだけ事故も多発する。同じ日に三度の出動ということもあった。

そんな時期が過ぎると、今度は訓練に明け暮れる毎日だ。

犬たちのサーチ訓練以外にも、遭難者の搬送や岩壁登攀《とうはん》の技術を磨く訓練もあって、相変わらずハードな毎日だった。

「それ……ラフスケッチですね」

深町のキャンバスを覗《のぞ》き込む。

そこには、日の光を浴びて輝く北岳頂稜の姿が鉛筆で描かれていた。深町の視線をたどるように、夏実は見た。やや傾きかけた太陽の下、北岳がそこにそびえていた。バットレスと呼ばれる大岩壁が午後の日差しを受けている。

視線を右に移すと、真正面に草すべりの登山路が見えている。小太郎尾根《こたろうおね》への急登ルートである。すでに時間が遅いために、そこを行き来する者の姿はない。

「同じ場所から同じ山を見ては、同じ絵をずっと描いている。不思議と飽きないんだ」

遠くに目をやる深町の横顔を、夏実はじっと見つめる。

「毎日、同じ山のようで、本当はそうじゃないのかも」

そう、つぶやいた。

「そうだな。日ごとに違った山がそこにある。写真で撮影しても、それはきっとわからない。こうして絵に描くからこそ、その違いが見えてくるような気がする」

「観音様も、そんな山をここから見てる気がします」

夏実が指さすと、深町が振り向き、蓮《はす》の花を抱えて岩の上に立つ小さな観音像を見て、優しく微笑んだ。

「雨の日も雪の日も、いつもこうやって北岳を見上げて、みんなの無事を祈ってるんだろうね」

彼がそういったときだった。

――夏実さーん！

声がして振り向くと、ちょうど小屋のほうから男がひとり走ってくるところだ。

ベージュのズボンに青いフリース。足元はサンダル履き。

白根御池小屋の管理人、松戸颯一郎《まつどそういちろう》だった。

あわてている様子ではないため、トラブルじゃないようだ。夏実は安心する。

「どうしたの？」

ふたりの前にやってくると、松戸が肩を上下させていった。

「小屋のほうで、夏実さんに面会希望の人が……」

「え」

急にいわれて少し驚いた。

「森川智美《もりかわともみ》さんっていう名前で予約されてたから、最初はわかんなかったんだけど、あの……安西友梨香さんだったんです」

夏実は声を失い、それから深町と顔を合わせた。

5

ラフスケッチの続きを描くという深町をその場に残し、夏実は松戸といっしょに白根御池小屋に向かった。

小屋の前に立って手を振ってきた若い女性を見て、夏実は驚き、嬉しくなった。急いでメイを連れて歩み寄ると、向かい合って立ち止まった。

まさしく安西友梨香だった。

森川智美は彼女の本名である。

人気歌手グループ〈ANGELS〉のリードヴォーカル。去年の十二月に静奈と上京して、ふたりでコンサートを楽しんできたが、こうして直に顔を合わせるのは、まさに二年ぶりだ。

チェック柄の山シャツに黒っぽいズボン。髪をポニーテールにまとめ、薄化粧に眼鏡をかけていた。よほどのファンでなければ、パッと見た目で本人とわからないぐらい、地味な登山者姿である。

「えー、びっくりしましたぁ！」

夏実が口に掌《てのひら》を当てていう。

友梨香は口をすぼめて笑い、遠慮がちに右手を差し出してきた。

その手を握って見つめ合い、次の瞬間、思わずふたりで抱き合ってしまった。

体を離し、友梨香がいった。

「また、来ちゃいました」

夏実は微笑み、訊《たず》ねた。「今回もおひとりで？」

友梨香が頷いた。

二年前のあの事件ののち、友梨香はたったひとりでこの北岳を訪れている。今回は三度目だった。前回同様、控えめなメイクや単調な色の登山服のおかげで、テレビやネットで見るアイドル歌手の本人とはまるで別人のようだ。

のみならず、たったの二年で、やけに大人びた雰囲気になったと夏実は思った。

友梨香は夏実の足元に停座するメイを見るなり、膝《ひざ》を折ってしゃがみ込んだ。

「メイちゃんも元気そう」

夏実を見上げて、いった。「撫《な》でていいですか？」

「もちろん」

友梨香に耳の後ろを撫でられると、メイは派手に尻尾を振りながら目を輝かせた。

彼女のことをよく憶えているのだ。

この北岳で危機に見舞われた友梨香を発見し、彼女を救ったのは、ほかならぬメイだった。そのことへの感謝を、友梨香は何度も手紙やＬＩＮＥに書いてきた。

「おふたりにずっと会いたかったんです。やっと……」

そういって友梨香はメイを抱きしめた。

唇を引き結んだとたん、眦《まなじり》に涙が小さく光った。

夏実は驚いたが、何もいわずにいた。

友梨香は目元をぬぐい、立ち上がった。ごまかすように肩をすくめて笑う。

「それから……年末のコンサートも、来てくださってありがとうございました」

「こちらこそ、思いがけず招待してもらって感激しました」

夏実は思い出して、微笑んだ。

「あの日、楽屋にお花を届けてくださったんですね」

「本当はお目にかかりたかったけど、友梨香さんも忙しそうだったし」

「ごめんなさい」

友梨香が頭を下げたとき、夏実はふと周囲を見た。

何人かの登山者がやや遠巻きにふたりを見て、興味深そうに話し合っている。有名な歌手の安西友梨香だとわかったのか、あるいはもしやと疑っているのかもしれない。いずれにせよ、この場に長居するのは良くなさそうだ。

「小屋に入りませんか」

松戸が声をかけてきた。「友梨香さん、今日は個室泊まりになってますから。夕食の時間まで少しありますし、お部屋でくつろがれたほうがいいですよ」

「ありがとう。颯ちゃん」

夏実は礼をいった。「メイを犬舎に入れてくるから、友梨香さん、先にお部屋に行っててもらえます」

「はい。待ってます」

松戸に促されて友梨香が小屋に入ると、夏実はメイとともにその場を去った。

白根御池小屋二階の客室は、すべて高山植物の名前がつけられている。

友梨香の泊まる〈タカネマンテマ〉は、南側のいちばん端にある部屋である。室内はすでにスタッフの手によってきれいに掃除され、布団がきちんとたたまれて用意されている。その壁際に青とピンクでツートンにデザインされたアークテリクスのザックを置いて、友梨香は壁にもたれながら座っていた。

夏実は彼女の隣に並んで座る。

ふたりの前には温かい茶の入った湯飲みが置かれ、茶請けの菓子も皿に入っている。

松戸が気を利かせて、夏実に持たせてくれたのだった。

「それにしても、突然でびっくりしました」

夏実の言葉に友梨香が少し笑った。「やっと、まとまった休暇をもらえたんです」

「良かったですね」

「本当はマネージャーに止められたんだけど、無理に振り切って来ちゃいました」

神妙な様子で俯《うつむ》く友梨香の横顔を見つめた。

多忙で疲れているという話は、何度か電話やＬＩＮＥで知っていた。

「芸能界のこと知らないから想像するしかないけど、お気持ち、わかる気がします。全米ツアーが終わっても毎日が超過密なスケジュールみたいだし、お休みどころか眠る時間もろくにないんじゃないかと思ってました」

そういえば、前に北岳に来たときはもう少しふくよかだった印象があった。今の彼女は明らかに痩せている。

アイドル歌手として美しい体型を維持する必要があったのかもしれないが、何よりも、メイを抱きしめたときの涙が気になっていた。しかしストレートに疑問を向けることにはさすがに躊躇《ちゅうちょ》した。

夏実は話題を変えてみた。

「北岳の登山がハードなのは、すでにご存じだと思うんですけど、単独だとかなりリスクがありますし、そこがちょっと心配で……」

友梨香は俯いたまま、いった。

「実は……登山っていうか、まず夏実さんに会いたかったんです」

夏実は破顔した。

「あー、それなら嬉しいです」

「五日間ほど休みがとれたから、しばらくこの小屋に滞在して、のんびりしようと思ってます。ここで何もせずに、ぼうっとしているのもいいなって」

「そういう山の楽しみ方もありですよね。何も頂上を目指すことだけが登山じゃないですし」

友梨香は隣に座る夏実を見つめ、何かいいたそうだったが、ふとまた視線を逸らした。

その寂しげな顔がやはり気になってしまう。

「何かあったら、遠慮なさらずにいってくださいね」

友梨香が頷く。

「ありがとう。あの、実は……」

そのとき、チャイムの音が聞こえた。

——本日は白根御池小屋をご利用いただきましてありがとうございます。夕食の用意ができましたので、一階食堂までお越しください。

女性スタッフの声が、外の通路にあるスピーカーから聞こえてきた。

夏実は腕時計を見た。ちょうど午後五時だった。

ハッと思い出した。

「いけない。五時からブリーフィングがあるんだった。続きはまた——」

そういって立ち上がった。「友梨香さんもこれからご飯ですね」

「お忙しいところをありがとうございました」

友梨香は頭を下げた。

夏実は手を振り、部屋を出た。

「あの……安西友梨香さん……ですよね」

テーブル席のすぐ横に立った若い男性から声をかけられた。

登山服姿。近くのテーブルに三人でついていたパーティのひとりだった。

友梨香は灰色のトレーナーを着ていて、化粧は最低限。しかも縁の太い伊達眼鏡をかけていた。それでもわかる者にはわかる。

若者たちはさっきから何度となく、こっちを見ていた。

食事の手を止め、仕方なくコクリと頷いた。

「俺、ファンなんです」

「応援してくださって、ありがとうございます」

視線が合ったとたん、男性がパッと顔を赤らめた。

「サイン……していただけますか?」

そういって手帳を開いてペンとともに差し出してきた。

友梨香は書き馴れたスタイルでサインをし、戻した。

「ありがとうございます」

握手を求められたので、そっと握った。

男性は紅潮した顔のまま、頭を下げて、自分たちのテーブルに去って行った。

ふと気づくと、周囲のテーブル席についた宿泊客たちの多くが、友梨香に視線を向けている。彼女はあわてて俯き、そっと呼吸を整えた。

大勢の視線にさらされている自分を意識する。

有名税。

よく、そんな言葉をいわれた。

――あなたはアイドルだから、仕方ないのよ。

去年から新しくマネージャーとしてついた女性は、売れっ子歌手ばかりを担当してきたベテランだが、それが常套句だった。

有名人だから、アイドルだから、むやみに勝手な行動をとってはいけませんとか、発言を慎みなさいとか。そんなことばかりいわれてきた。

おかげで二十四時間、行動を制限され、いつも何かに閉じ込められているような気がしていた。仕事ばかりか日常の生活までスケジュールできちんと決められ、それに従わなければならない。

全米ツアーのとき、ＬＡやシカゴ、フロリダなどで繁華街を気ままに歩き、好きなだけショッピングをしたり、テーマパークなどで遊ぶことができたのは、あちらに友梨香のことを知る人間がほとんどいなかったからだった。

そのとき感じたのは自由と解放感。

テレビの仕事で初めて登山をすることになり、富士山に登ったのは、その自由を少しでも感じたかったからだ。しかし大勢の視線にさらされるのは、そこでも同じだったし、次に登った北岳では——思い出すのもつらい事件に巻き込まれてしまった。

気がつくと、口にご飯を入れたまま、咀嚼《そしゃく》することを忘れていた。

友梨香は湯飲みを取ってお茶で呑み込むと、小さく溜息《ためいき》をつく。すっかり食欲がなくなっていた。

足音が近づいてきて、顔を上げた。

また、サインを求められるのだろうと思ったら、彼女のテーブルの横に立ち止まったのはこの山小屋の管理人である松戸だった。トレーナーの上にエプロンをかけた姿でニコニコと笑っている。その人なつこい髭面を思わず見つめてしまった。

「森川さん、すみません。うちの女性スタッフたちが、こちらのテーブルでごいっしょして食事したいといってるんですが、よろしいですか？」

いきなり本名で呼ばれたことに面食らった。

宿泊台帳にそう書いたのを思い出す。

「かまいませんけど？」

途惑いつつも、いった。

松戸は頷くと、厨房のほうを振り返り、黙って手で合図した。
出入口からトレイを持った女性がふたり出てきて、友梨香のテーブルにやってきた。
そこにトレイを置き、向かい合いの椅子に座った。ひとりは二十代の若い女性、もう
ひとりは眼鏡をかけたやや年配の女性。いかにも山小屋のスタッフらしく、どちらも
バンダナを頭に巻いていた。
「天野遥香《あまのはるか》と若村初子《わかむらはつこ》といいます。よろしくお願いします」
松戸がふたりを紹介した。
「ふたりともうちの古参のスタッフですから、何でもいってくださいね」
そういいのこし、松戸は厨房へと去って行く。
友梨香はあっけにとられて後ろ姿を見ていたが、ふたりに目を戻した。
「急にごめんなさい。実は、おひとりでちょっとお困りのようでしたから……」
初子がそういって微笑んだ。「お節介だったかも？」
そのときになって、友梨香はようやく気づいた。
山小屋の女性スタッフふたりが同じテーブルについてくれたことで、他の宿泊客た
ちがようやく視線を逸らしてくれていた。有名な芸能人がたったひとりで食事の席に
ついていたものだから、周囲の好奇の視線にさらされていたのである。

「お節介だなんて、とんでもないです。あの……ありがとうございます」

そういって友梨香は頭を下げた。

6

女子組が朝食の賄《まかな》い当番だったため、夏実は夜明け前に起床した。

不規則な睡眠には馴れているので、目覚ましを鳴らさずともパッと目が覚める。同じ女子部屋の静奈とともにベッドから降りた。

洗顔と化粧のあと、犬舎で犬たちの様子を見て、水をやり、排尿をさせてから警備派出所に戻る。狭い炊事場にふたりで立って、隊員たちの朝食を作り始めた。

米は前夜のうちに研《と》いでタイマーをかけていたので、炊飯器がさかんに湯気を上げている。夏実は野菜を切って味噌汁を、静奈は玉子焼きを作り、アジの干物《ひもの》を焼いている。

「友梨香さんの様子はどうなの？」

換気扇の騒音の中で、静奈の声がした。

「なんだか深刻な感じで、ちょっと気になりました」

鍋をかけたガスコンロの火を調節しながら、夏実がいう。

「いくら山が好きだからって、超多忙な売れっ子歌手がひとりでここに来るって、やっぱりただ事じゃないよね」

「そう思います」

昨日、部屋で話し合ったとき、友梨香は何か相談事がありそうだった。

「前のときみたいに危ない状況だったら、いつでも力になるから」

「あー、さすがに今回ばかりは、静奈さんの出番はなさそうですけど」

肩を持ち上げて苦笑いした。

「わかんないわよ。ストーカーに狙われる人間は、案外と他人にそのことをいえなかったりするから。しっかり聞いてあげなさい」

「はい」

答えてから、夏実は気づいた。「ところで静奈さん。もしかして焦げていません？」

「え！」

あわてて向き直った静奈が、オーブンのトレイを引っ張り出した。

「あちゃー。また、やっちゃった」

黒くなったアジの干物をつまみ上げ、静奈は眉根を寄せる。

二年も登山のブランクがあったというのに、安西友梨香は意外に健脚だった。

歌手活動の合間にジムやプールに通っていたというから、そのおかげだろう。夏実はいつもよりややペースを落として歩いているが、友梨香は遅れることもなく、息も切らさずについてくる。

ボーダー・コリーのメイも夏実といっしょに歩いている。

かれらがたどっているのは草すべりルート。

白根御池小屋から小太郎尾根に至る直登の登山路で、尾根までの標高差は五百メートルもある。そのジグザグ路を歩ききって、右側の森の中に入ったところだった。

ずっと朝日を背中に浴びながら登っていたのでかなり暑かったが、木陰になってようやくひと息つけた。

「ちょっと休憩しましょうか」

「はい」

夏実にいわれ、友梨香が足を止めた。

メイをその場に停座させる。

たまたま他の登山者はおらず、ふたりきりだ。

持っていたＬＥＫＩのストックを岩に立てかけると、友梨香はハンカチで額の汗を拭った。それからザックに装着したハイドレーションのチューブを口に入れて、スポーツドリンクを飲み始めた。夏実もザックのサイドポケットからモンベルのボトルを取り出し、掌に受けてメイにたっぷり舐《な》めさせてから、自分も冷水を少し飲んだ。

友梨香の装備はいかにも山馴れしている。夏実のアドバイスもあったが、自分でいろいろと調べたりしているようだ。

周囲はシラビソやダケカンバの木立。どこかの樹間から、高山鳥であるメボソムシクイの「シシシシシ――」という声が心地よく聞こえてくる。

訓練がオフの日でさいわい時間があった。

数日、山小屋にのんびり滞在する――友梨香はそういったが、せっかくだから景色のいい場所まで行ってみないかと夏実が誘うと、彼女は喜んでくれた。それで小太郎尾根まで登り、景色を眺めながら、昼の弁当を食べることにしたのだった。

こうしてあらためて見ると、友梨香はやはり少し痩せているようだった。ジムなどで体を絞っているそうだが、不健康とまではいかないまでも、やつれのようなものが感じられる。連日のハードスケジュールで疲れ切っているためかもしれない。

その視線が何度も北岳の頂稜のほうに向いていることに気づいた。

夏実も樹間から見える北岳バットレスに目をやった。

「あのときのこと……」

二年前の事件を思い出し、つぶやいてしまった。

友梨香を狙うストーカーの若者が北岳まで彼女を追いかけてきて、大きな事件を起こした。撮影スタッフやガイドが数名、ナイフで刺されたのである。さいわい死者はひとりも出なかったが、友梨香にとって大きなショックであったはずだ。

友梨香はちらと目を向けてきたが、すぐに俯いた。

「大丈夫です。私、平気ですから」

「……だったらいいんですが」

「だって、あの事件のおかげで、こうして夏実さんと知り合いになれたんだから」

「そういってもらえると嬉しいです」

夏実はホッとして笑みを浮かべた。

「ぼちぼち行きましょうか。あと少しで尾根に出ます。もうひと頑張りですから」

友梨香は頷き、またストックを取って歩き出す。

メイを従えながら、あとに続いた。

大樺沢《おおかんばざわ》から登ってくる右俣《みぎまた》ルートとの合流点を過ぎ、最後の急登を詰めるとにわかに視界が広く開けた。

小太郎尾根に出たのである。

稜線に立つと、前方やや左に中央アルプス。真正面、ずっと向こうには北アルプスが霞《かす》みながら連なっている。右手は隣に鎮座する仙丈《せんじょう》ヶ岳《たけ》、甲斐駒《かいこま》ヶ岳《たけ》。八ヶ岳の山容もよく見えていた。

背後を振り返ると、山並みの向こうに富士山が三角の顔を出している。

周囲を取り巻く山々を見る友梨香の火照《ほて》った顔が、明るく輝いてみえた。

「お疲れ様でした」

夏実がいって手を出した。友梨香が握り返してくる。

「ありがとうございます」

メイが嬉しそうに口を開き、舌を垂らしてふたりを見上げる。さかんに尻尾を振っている。友梨香が微笑み、かがみ込んで、頭をそっと撫でた。

ふたりはザックを下ろした。

砂地の斜面に数名の登山者が座り、休憩をしていた。時刻は午前十一時になったばかりだが、すでに弁当を広げて食べている者もいる。

「私たちも食べましょうか」

「はい。さっきからお腹が空いてたんです」

友梨香がそういった。山小屋の朝食は午前六時だし、草すべりの急登でずいぶん体力を使ったはずだった。

景色のいい場所を選んで、並んで座った。

夏実はザックの中からバンダナで包んだランチバスケットをふたつ取り出し、ひとつを友梨香に渡す。

友梨香は膝の上でバンダナを広げた。

中身はワックスペーパーで包んだサンドイッチ。夏実の手作りだ。パンに挟んだ具は玉子焼きにレタスなどの生野菜、ツナ、ハムなど。ミニトマトにスライスしたキュウリ、ウインナーなども添えている。

「可愛い！」

振り返って彼女が笑った。

「お口に合うといいんですけど」

夏実がいいながら、テルモスの保温水筒に入れていたホットコーヒーをマグカップに注いで渡した。それを受け取って友梨香が目をしばたたいた。

「これ、ぜんぶ夏実さんが？」

「朝食の賄いの残りで作ったんです。手抜きでごめんなさい」

「手抜きだなんて。こんな素敵なランチ、私にはとても無理」

「やっぱり忙しくて？」

友梨香は首を横に振った。「そもそも不器用ですから」

「あんな凄いアクションでステージこなしてるのに不器用って？」

「歌以外に他のことは何もできないんです。すべて人任せだし、だから食事はほとんどが外食かお弁当です」

「それって栄養偏《かたよ》っちゃいますよ」

そういって、あらためて友梨香の少し痩せた姿を見つめた。

「やっぱり、そうですよね」と、肩をすくめて友梨香が笑う。

ふたりで「いただきます」と声を合わせてから食べ始めた。

「美味《おい》しい」

友梨香がいい、夏実が微笑んだ。「ありがとうございます。嬉しいです」

風もなく、日差しが柔らかく、穏やかな初夏の山だった。

さいわい周囲で休憩している登山者たちや目の前を歩きすぎる人たちの誰もが、売れっ子スターの存在に気づかないようだ。ひと目で救助隊とわかる隊員姿の夏実に比べ、友梨香は地味な色柄の山スカートとタイツといった山ガールファッションだし、そんな女性登山者ならいくらでもいる。

むしろ周囲の目を引いているのは山岳救助犬のメイのほうだ。テレビやマスコミで紹介されているから有名だし、ボーダー・コリーはやはり可愛くて人気がある。

そんなメイは、ふたりの食事に気を取られることなく、知らん顔で伏臥《ふくが》している。ときおり目を細めては風の匂いを嗅いでいる。

「メイちゃんって、とってもお行儀《ぎょうぎ》がいいんですね」

「人の食事とは厳格に切り離してるんです」

「オヤツもなし?」

「たとえば要救助者を発見したとか、目的を達成したときのご褒美《ほうび》はあげます。でも、家族としてじゃなく、仕事の相棒としての位置づけですから、お互いにきちんとルールを守るのが大事なんです」

「私たちみたいに食べる楽しみってないんですか」

「とっておきの食材で手作りの餌《えさ》を与えるから、一般のドッグフードよりも遥かに満足感があると思います。でも、ふつうの犬みたいに、たとえば日に二回とかじゃなく、一日のうち五回ほど、時間を決めて小分けに餌を与えます。お腹いっぱい食べさせると、活動中に胃捻転《いねんてん》を起こす可能性があるから」

「そうなんだ」

「でも、メイはそういうスタイルに馴れてるし、わかってくれてると思います」

友梨香は感心したようにメイの頭をそっと撫でた。

「そう……食事っていえば、昨日、小屋のみなさんに気を利かせていただいたんです。私のために、女性スタッフをおふたり、同じテーブルにつけてくださいました」

「もしかして、それって友梨香さんに迷惑がかからないように？」

「はい。前に撮影できたときはディレクターさんたちといっしょだったけど、今回はひとりだったから、周りから注目されてしまったみたい。有名税ってよくいわれるし、仕方ないとは思っているんですけど」

夏実はフッと笑った。「颯ちゃん、ちゃんと気が利くんだ」

「なんだか、かえって皆さんに気を遣わせてしまったみたい」

「いいんです。それも山小屋のお仕事だから」

そういってから、ふと友梨香の顔を見つめた。「ところで……私に会いに来たって、何か相談とか、心配なこととか？」

すると彼女はかすかに眉根を寄せ、口を結んだ。

しばし言葉が無かったので、夏実は気になった。

嫌でもあの事件のことが思い浮かんでしまう。しかし夏実は黙っていた。

ふいに友梨香が目を向けてきた。

大きな瞳が潤《うる》んでいるように見えた。

「私、歌手活動をしばらくお休みしようかと思ってるんです」

今度は夏実が口を閉じた。

その言葉の裏側をくみ取ろうとして、果たせず困惑した。

「マジですか？」

友梨香が頷いた。

「だって――」

思わず声が大きくなって、夏実はあわてて周囲を見てから、友梨香にいった。

「〈ANGELS〉の人気は最高潮じゃないですか。日本ばかりか全米ツアー公演も大成功だったんですよね？　これで海外進出の足場が固まったってニュースでいってましたけど」

しかしながら、友梨香の少し痩せた姿を見ると、なんとなく彼女の気持ちがわかった気がした。

半年前に武道館のステージで見た姿を思い出す。まばゆいライトを浴びて、マイク片手に歌い踊る安西友梨香は痺《しび》れるほどかっこ良かった。しかし今の彼女は別人といっていいほど、光を失い、すっかり衰えたように見える。

「疲れたんです」

ポツリといった。

そのたったひと言が、夏実には重く応えた。

「えっと……よくはわからないんですが、さぞかし毎日がハードなスケジュールだったと思いますし、おっしゃるとおり、ここは少しでもお休みになって静養されるのもいいかもしれませんね」

「私たちの業界で、仕事を休むって、とっても勇気がいることなんです」

「え」

夏実は驚き、また彼女の顔を見つめてしまった。

「たとえ少しの間でも活動を中止すれば、たちまち干されてしまう。そんな世界なんです。それに〈ANGELS〉は私ひとりじゃない。他のメンバーもいますから、みんなに迷惑をかけることになってしまうし」

「つまり……いったんお休みすれば、復帰は二度とあり得ないってことなんですか」

友梨香は小さく頷いた。

「少なくとも〈ANGELS〉は、今後は私抜きのメンバーで活動を続けるか、さもなければ別のリードヴォーカルを立てて再スタートすることになると思います」

「そんな……」

夏実は文字通り言葉をなくしてしまった。

友梨香から視線を離し、遠い景色をじっと見つめた。

その横顔から目が離せない。

——疲れたんです。

さっきいわれた言葉が、頭の中をグルグルとめぐっていた。

もしや友梨香はそれを夏実にいうため、わざわざ山に来たのではないだろうか。そう思ったとたん、急に胸がつまりそうになった。

「もしかして、何かいやなことでもあったんですか？　あの事件のこととか……」

彼女はかぶりを振った。「たしかに、あのことは自分の中では大きいです。でも、それだけじゃない。いろいろと別の悩みがあって、すっかり気が滅入ってしまいました」

「どんな悩みなんです？」

「自分に疑問を持ったんです。アイドルだともてはやされて、いい気になってた。それが、けっきょくは目的もなくて、夢中で突っ走ってただけ。若くて、体力には自信があったし、どこまでも突っ走れるんだと思ってた。でも、体力だけじゃやっぱり続かないんです」

　ステージの上でギターを弾いて、力いっぱい歌う友梨香の姿を、夏実は思い出した。ほとばしる汗を拭おうともせず、全身全霊で歌い続ける彼女は、あのとき、どんなことを思っていたのだろうか。

「トップスターっていわれます。でも、それってずっとトップにいなきゃいけないいんです。下ろされてしまったら、それっきり。そんな不安とか悩みばかりなんです」

　寂しげな横顔を、夏実は見つめるばかりだ。

「ファンを大事にしろって、いつもいわれる。だけど、だからって私自身はどうなの？　って思うんです」

　友梨香はゆっくりと両膝を両手で抱えて体育座りになると、膝頭に頬を押し付けた。

「山って……頂上に向かうじゃないですか」

彼女は遠くを見ながらつぶやくようにいった。視線の先には北岳に隣接する仙丈ヶ岳の頂稜があった。「――でも、けっきょく私には目指すものがないんです。どんなに頑張って努力しても、目的がなければどうしようもない。それなのに毎日毎日、分刻みのスケジュールで、あっちこっち引っ張り回されて、夜だってろくに眠ったことがないし。そんなことの繰り返しがずっと続くんです。こんなことでお飾りみたいなアイドルやってて、いったい何なんだろうって……」

夏実は唇を噛《か》んだ。

友梨香の気持ちはよくわかる。痛いほどに。

慰めの言葉をいいたいが、いかんせん芸能界に関する知識は皆無だし、だからといって知ったかぶりなんてできるはずもない。ひとりの人間として、同じ女性として、何かアドバイスできたらと考える。

こんなときに深町敬仁だったら彼女にどういうだろうと、ふと思った。

彼は物静かで優しい男性だが、何よりも聞き上手なところが夏実は好きだった。控えめなアドバイスで相手を安心させ、それでいて本心から言葉を返してくれる。決して社交辞令は口にしない。そんな態度に、大人の知性のようなものを感じさせるのだ。

自分はそんな彼にいつまでも子供のように甘えている。わかっていて、つい、深町に頼ってしまう。器の大きな人だから、きっと夏実のことを受け入れてくれる。

それに比べて、自分はどうなのかと思った。

こうして友梨香に相談されて、なんと言葉を返せばいいのか。

「夏実さん」

「え」

友梨香は少し笑った。「無理しないでください。こんな私の悩みって、あなたにはそもそも何の関係もないことだし、まったく別の世界の話ですから。ただ……こうやって聞いてくださるだけでいいんです。それだけで、心が癒やされます」

その言葉を聞いたとたん、夏実は目頭が熱くなった。

思わず目元を拭い、ごまかすように笑った。

「そういっていただけると、なんだか救われた気持ちです」

「救われたのはこっちですよ」

友梨香はふいに笑顔になり、持っていたマグカップを傍らの地面に置くと、両手を思い切り空に向かって伸ばした。

「あ〜っ、気持ちいい。やっぱり来て良かった!」

それから夏実を見て、肩をすくめた。「北岳ってホントに大好き」

やがて下山の時間となった。

ズボンやスカートの小砂を払って、ふたりで立ち上がった。メイも身を起こし、素早く胴震いした。

ザックを背負いながら友梨香がいった。

「私、御池小屋に停滞するつもりだったけど、明日にでも頂上を目指してみます。せっかく北岳に来たんだから、頂上を踏まなきゃ」

夏実はさすがに心配になった。

「でも……おひとりで大丈夫？」

「ありがとうございます。ちゃんと行けます」

友梨香ははっきりとそういった。

「頂上に向かうなら、こっちじゃなく大樺沢を通ったほうがいいですよ」

夏実の言葉に、かすかに彼女の目が泳いだ。

「そうですよね。前に連れて行っていただいたときも、そっちのルートでしたし」

――あのぅ、安西友梨香、さんですよね？〈ＡＮＧＥＬＳ〉の。

ふいに声がした。

振り向くと、大学生ぐらいの若い娘がふたり。少し顔を赤らめて立っている。

「はい」と、友梨香が答えた。

「あ。やっぱり！」

ひとりがいって、もうひとりと顔を見合わせた。それから、恥ずかしげにいった。

「私たち、大ファンなんです。応援してますから、頑張ってください」

「ありがとうございます」

ふたりは、遠慮がちに手を出して友梨香と握手をした。

彼女たちは頭を下げ、頂上のほうへと向かって歩いて行った。ときおり、名残惜しげに後ろを振り向いていたが、やがて尾根の向こうに見えなくなった。

「本当に有名税ですね」

夏実がクスッと笑う。友梨香も微笑んだ。


――先生。ちょっと待ってください。

後ろから声がして、鷹森壮十郎は足を止めた。

振り向くと、樹林の間をジグザグに折れながら続く登山道のずっと下のほうに、兼田浩平の姿が小さく見えている。いかにもバテているといった感じで、膝に手を当てて喘《あえ》いでいた。

鷹森はフッと溜息をつき、口をへの字に曲げた。

「何をやっとる。早く来んか」

ストックを突いて、鷹森はしばし待った。

兼田は力ない足取りでヨタヨタと登ってきて、ようやく鷹森の前に立ち止まった。満面が汗だくである。その汗をタオルでしきりに拭きながら、ハアハアと荒い息をする。

「先生。ちょっとお休みさせてください」

そういって、ザックのサイドポケットから引っ張り出したペットボトルを口につけて、喉を鳴らして飲んだ。ようやく人心地ついたのか、口元を拭い、鷹森を見た。

「いくら何でもペース、早すぎです」

「そうか」

鷹森はストックを近くの木に立てかけると、ハイライトのパッケージを取り出し、一本くわえると、ライターで火を点けた。片手を腰に当てながら、煙を吸い込み、ゆっくりと吐き出す。紫煙が樹間を流れていく。

「兼田くんは、大学の時分は山岳部だったはずだが？」

「二十年近く前ですよ」

まだゼイゼイと喘いでいたが、ふと、顔を上げた。

「先生はどうしてそんなにお元気なんですか？」

「さあな」

煙を口元から洩らしながらいった。「毎日、散歩をしとるからかもしれん」

「散歩……ですか」

疲れ切った表情で兼田がつぶやいた。

――こんにちはぁ。

下から上ってきた若いカップルの登山者たちが声をかけ、ふたりを追い越していった。

鷹森は知らん顔で煙草を吸いながら、男女の後ろ姿を、樹林帯に溶けるように見えなくなるまで目で追っていたが、ふと兼田を見て、いった。

「そろそろ行くか。山小屋まであと少しだぞ」

兼田は呆けたような表情で仕方なく頷いた。

鷹森がストックを摑んで歩き出す。そのあとを頼りない足取りで兼田がついてきた。

白根御池まで下りてくると、夏実と友梨香は警備派出所の前でザックを下ろした。白い薄手のジャージを着て、空手の型を演舞している。

メイを犬舎に連れて行こうとすると、ドッグランの横に静奈の姿があった。

夏実は声をかけず、メイを犬舎に入れ、すぐに出てきた。

友梨香とふたりで静奈の型を眺めた。

ポニーテールの髪を躍らせ、四肢を駆使し、しなやかに舞う静奈。

手刀受《しゅとうう》け。貫手《ぬきて》。騎馬立ちから、肘《ひじ》で掌を打つ猿臂《えんび》。

上段十字受けから、体を反転させ、勢いよく地を蹴っての二段蹴り。

裂帛《れっぱく》の気合いとともに繰り出す裏拳。

「凄い……」

隣に立つ友梨香が、感嘆の声を洩らした。「あれって、空手ですか」

夏実は頷いた。

「うちの神崎静奈隊員。この春から空手四段になりました。あれは観空大《かんくうだい》っていう型なんです」

「もしかして夏実さんも？」

笑って首を横に振る。

「いつもこうして見ているだけ。でも、おかげですっかり憶えちゃいました」

「山岳救助隊の人って、みんなそういうのをやってるのかと」

「もちろん警察官ですから、柔道に剣道、逮捕術とかはひと通り習得します。空手をやってるのは静奈さんぐらいですね」

「それにしても、きれい」

友梨香はうっとりと見とれている。「スタイルだって完璧過ぎるぐらい。モデルか女優にだってなれそう」

「もしも〝ミス山梨県警〟なんてあったら、たぶん静奈さんで決まりだと思います。でも、なぜだかよけいな噂《うわさ》ばかり。県警でいちばんの武闘派だなんていわれてるし」

「そうなんですか？」

「今まで何人が病院送りになったことやら」

夏実を見てから、たまらず友梨香が噴き出した。

「あら。何の話？」

ドッグランの柵にかけていたタオルを取って、顔や首周りの汗を拭きながら静奈が歩いてきた。ふたりの前に立ち止まり、微笑んだ。

「あ。えー、ちょっと」

狼狽《うろた》えた夏実に片目をつぶって見せると、静奈が友梨香にいった。

「こんにちは。武道館のステージ、夏実といっしょに楽しませていただきました」

「ありがとうございます」

友梨香が頭を下げた。

「神崎さんって、ダンスとか習われたんですか」

「いいえ。どうして？」

「今の〝型〟……っていうんですか、動きが凄くシャープだし、呼吸だってぜんぜん乱れてませんよね」

すると静奈が破顔した。「十代からずっと空手ひと筋です」

「そうなんですか」

「全国大会で優勝するような空手家は、もっとレベルが高いです」

友梨香が驚いて目をしばたたいた。

「私、空手って、ただ殴ったり蹴り合ったりするものだとばかり……」

「そういう空手もありますけど」

静奈が笑ったときだった。

スマートフォンの呼び出し音が聞こえ始めた。

夏実が驚いて見ると、友梨香が足元に置いていたザックからスマホを引っ張り出した。

液晶を見てから、いった。

「ごめんなさい。マネージャーからです」

スマホを耳に当てながら、夏実たちから少し離れた場所で話し始めた。

こんな場所にまで電話をしてこないでと、明らかに不機嫌な顔でいっているのをふたりは見ていた。

「さすがに売れっ子アイドルねえ」

タオルを首にかけて静奈が笑った。

そのとき、山小屋の表側のほうから喧噪《けんそう》が聞こえた。

男の声。しかも怒鳴っているようだ。

夏実は静奈と目を合わせ、ふたりで急いで向かった。

——生ビールが、だ。それも中ジョッキが九百五十円とは、ボッタクリもいいところだ。

濁声を放っている登山者の男がいた。

白根御池小屋前の外テーブルに座るふたりの男性のうち、ひとりの声だった。

彼らの前にエプロン姿の女性スタッフがいて、しきりに頭を下げている。

――なにぶんこんな山の上ですから、割高なのは仕方ないんです。そこをご理解いただかないと……。

赤いバンダナを頭に巻き、眼鏡をかけた女性スタッフ。

夏実たちにもなじみのある若村初子。御池小屋でも古参のひとりだ。

――理解も何も、客を莫迦《ばか》にするにもほどがある。責任者を呼んでこい！

テーブルに向かって座り、濁声を放った男を見て、夏実は思わず「あっ」と声を出した。

「あの人って――」

隣に立った静奈も気づいたようだ。

「まさか、いつかの小説家のオジサン？」

彼女の声を聞いて、男が顔を向けてきた。

夏実たちに気づいたとたん、あっけにとられたような顔をした。

ふっと眉根を寄せ、思い出したらしい。目をしばたたいてから、男はこういった。

「……あのときの〝婦警〟たちか？」

まぎれもない、男は鷹森壮十郎だった。

隣に座っているのは、あの夜、焼き鳥屋にやってきた出版社の担当編集者である。たしか名前を兼田浩平といった。やはり鷹森の隣でポカンと口を開けて夏実たちを見ている。

「あんたらも登山か？」

鷹森にいわれ、夏実が肩をすぼめた。

「ここって、私たちの職場なんですけど」

「驚いたな。警官が山小屋でバイトでもやっとるのか」

夏実は静奈と目を合わせると、鷹森に向き直り、声をそろえていった。

「――山岳救助隊です！」

そのとたん、鷹森たちのテーブルの側に立っていたスタッフの初子が、あわてて口を手で覆った。必死に笑いをこらえているようだ。

7

友梨香は目を覚ました。

どこか近くで、誰かの声が聞こえたからだ。

山小屋はとっくに消灯時間を過ぎて、彼女が泊まっている部屋も真っ暗である。窓の外が少し明るいのは月が出ているためだろう。手探りで枕元に置いていたヘッドランプを摑み、それを点灯して腕時計を見た。

時刻は午前二時を回ったばかりだ。

就寝したのは十時過ぎだった。

昨日の夕食は食堂ではなく、時間を少しずらして、厨房でスタッフたちとともに楽しませてもらった。それも松戸が気を遣ってくれたおかげだった。スタッフが賄いで作った食事にくわえ、ビールとワインをいただき、小一時間ばかり和気藹々《わきあいあい》と時間を過ごせた。

また、部屋の外で声がした。

女性のひそひそ声。それもずいぶん押し殺したような感じだ。続いてあわただしい足音がした。

しばし耳を澄ましていた。

やはり何かあったようだ。

もしも火災だったら、きっと非常ベルとか館内放送で告知があるはずだ。そうでないと思っても、やはり胸の内を不安が過ぎる。

友梨香は布団を剝いで上体を起こした。

立ち上がって出入口の扉に手を掛け、そっと隙間を開ける。

非常灯らしい緑のライトが通路から差し込んでくる。

さらに扉を開けてみた。

通路に首を出すと、山小屋の女性スタッフが二名——若村初子、天野遥香が通路をモップがけしている姿があった。傍に大きなバケツが置いてあった。

「何かあったんですか？」

通路に出て友梨香がいった。

床に嘔吐《おうと》物のようなものが落ちていた。かすかに異臭がしている。

「実は、お客様が容態を悪くされまして……」

そういったのは初子だった。

「ご病気ですか」

「高山病のようです」

客室の扉がひとつ開いているのに気づいた。

非常口の階段とトイレ、洗面所のスペースに挟まれた〈タカネビランジ〉と書かれた部屋の中に明かりが点っていて、恐る恐る覗き込む。

布団がふたつ敷いてあり、窓際の壁にひとりが背を預けて座り、床に足を投げ出していた。編集者の兼田のようだった。顔色が蒼白だった。

すぐ近くに作家の鷹森が腕組みをしながら立っている。

兼田の前にしゃがみ込み、介抱しているのは松戸だった。ぐったりしている彼にコップで水を飲ませているようだ。

その後ろ姿に鷹森がこういった。

「……どうしてもヘリコプターは呼べないのか」

「こんな夜中に無理ですよ」

顔の前でコップを保持したまま、松戸が答えた。

「ずいぶんと苦しそうだったぞ。もし、このまま死んだりしたらどうするんだ」

「大丈夫ですから、ご心配なさらないでください」

むせた兼田の口元をハンカチで拭いてから、松戸がいった。「さっき、かなり嘔吐されたようなので、これで少しは楽になったと思います」

「薬とか、注射とか、何か処置はできんのか」

「うちは診療所じゃないので、そういうことはできない決まりなんです」

通路の掃除を終えた遥香が、モップとバケツをどこかに運んでいった。

その場に残った初子が友梨香にいった。

「少し前から頭痛があったようですが、就寝中に容態が悪化したようで、トイレの前で吐かれたんです」

「トイレの前？」

「あわてて部屋を出られたようですが、間に合わなかったようですね」

「でも……ここぐらいの高さで高山病になったりするんですか」

たしか、白根御池小屋は標高二二三〇メートルの場所にあると、登山地図に書かれてあった。

「体調が悪いと、千五百から二千メートル付近でも高山病になる人がいます」

初子は答えた。「あの兼田さんという方ですが、昨夜はお仕事で帰宅されず、会社で徹夜をされていたそうです。そんなコンディションで登ってこられたから、きっと

い。

高山病は血中酸素の不足が引鉄《ひきがね》となる。睡眠不足や体調不良が原因であることも多い。

無理がたたったんでしょう」

また部屋の中を見た。

「明日の朝になったら、ヘリは来るのか」

鷹森がしつこく訊ねている。

「よほど重篤《じゅうとく》にならないかぎり、高山病でヘリは呼びません」

きっぱりと松戸がいう。「明日にはかなり回復されるはずです。ただし、早いうちに広河原《ひろがわら》まで下山されたほうがよろしいかと思います。標高の低い場所まで行けば、嘘のように良くなりますから」

彼はそっと立ち上がった。

兼田は壁にもたれたまま、力なく目を閉じてぐったりしている。

登山シャツの胸の辺りがひどく汚れているのが見えた。嘔吐したときのものだろう。

「上だけでも着替えたほうが良さそうですね。いいですか？」

兼田が目を開き、頷いたので、松戸が肩越しに振り向き、いった。

「すみませーん。初子さん。ちょっと手伝ってもらえますか？」

　彼女は急いで部屋に入った。

　兼田のシャツを脱がせ、彼のザックから見つけて引っ張り出した新しい下着とシャツを本人に着せている。

　外の通路からそれを見ながら友梨香は思った。

　山小屋の仕事は本当に大変だ。ホテルや旅館のような宿泊施設とは明らかに違う。たとえば自分がここでアルバイトをするとして、こんな状況にテキパキと対処できるだろうか——。

「横になると呼吸が浅くなって、症状がひどくなることがあります。今夜は布団に寝ず、できれば、このまま壁に背をもたせる姿勢でいてくださいね」

　松戸はそういって立ち上がり、初子とふたりで部屋から出てきた。

「こんな時間にお騒がせしました」

　そういって松戸が頭を下げてきたので、友梨香は恐縮した。

「お手伝いもできずにすみません」

　初子が部屋の扉をそっと閉めた。

「あの方、本当に大丈夫なんですか？」

　友梨香が訊くと、松戸が頷いた。

「あれ以上の悪化はないと思います。問題は、もうひとりのほうなんですが」

「もうひとりって、あの人も……何か？」

驚く友梨香に松戸が肩をすくめ、いった。

「いろいろと難癖をつけてこられるので困ってます」

そういうことかと少し安堵《あんど》しつつ、松戸やスタッフたちの苦労がまたわかったような気がした。たとえば〈ＡＮＧＥＬＳ〉のファンの中には、変わった人間も少なからずいる。ただ、好きでいてくれるだけならいいが、執拗《しつよう》につきまとったり、大量の贈り物をしてきたりする。昨今はＳＮＳなどでの迷惑行為もある。

もっともそれらは友梨香たちメンバーの目に触れたりすることなく、ほとんどの場合、事務所が対応し、処理してくれているのだが。

「じゃ、明日が早いのでこれで」

松戸たちは頭を下げ、通路を歩いていく。

友梨香は自分の部屋に戻ると、また布団に入った。

あれこれ考えていると、なかなか眠りが訪れなかった。

8

早朝、ドッグランの中で訓練を終えた夏実は、メイに水を与えていた。

頭上に抜けるような青空が広がっていた。

今年は梅雨入《つゆい》りからしばらくまとまった雨が降ったが、後半はほとんど晴天続きで、空梅雨気味のようだ。

K－9チームの他の二頭——バロンとリキは、ともに夜明け前からパトロールに出発していたので、ひとりと一頭だけの自主訓練だった。

七月とはいえ、標高の高い場所ゆえに気温は低く、空気も乾燥している。人や馬のように汗をかけず、暑さに弱い犬にとって、ここは絶好の環境だった。とはいえ、障害物を避けて走るスラロームや輪くぐりといったハードなアジリティをこなしたメイは、さすがに疲れていて、さかんに舌を出しながら息をついていた。

夏実はジャージ姿。両腕の袖を肘までまくっている。

たっぷりと水をやったあと、被毛を梳《す》いた。かがみ込んでブラシを使う夏実を見ながら、メイは気持ちよさそうに目を細めていた。

――おはようございます。

声がして振り向くと、安西友梨香が立っていた。

ゆったりとしたバギーパンツ風の登山ズボンに薄手のフリース姿。相変わらず薄化粧で周囲から目立たないように気を配っているようだ。にもかかわらず、どこかオーラのようなものを放っているのはさすがだと思った。

「おはようございます」

立ち上がって夏実が応えた。

友梨香はメイの傍に歩いてきた。尻尾を振るメイの前にしゃがむと、〝お手〟をしてきた左前肢を軽く握って笑った。「可愛い」

夏実はブラシで梳いたメイの被毛をとっては紙袋に入れた。敷布に落ちているものもすべて集める。白黒茶のトライカラーの長毛である。

「ずいぶんと抜けるんですね」

「平地だと春先が犬の換毛期ですけど、ここではだいたい今頃なんです」

そう夏実は答えた。「だけど、なるべく山に犬の毛が落ちないように気を遣わないと」

「そうなんですか」

「本来、自然にないものですから。ローインパクトを心がけることが大事なんです」

夏実が答えたそのときだった。

――何を莫迦なことをいってるんだ！

表の山小屋のほうから、男の怒鳴り声が聞こえてきた。

ふたりは気づいて振り返った。

警備派出所と山小屋の間から見える外テーブルのひとつ。その傍に数名が立っているのが見えた。松戸の姿があった。さらに白根御池小屋のスタッフたち。彼らの合間に見えているのは、あの二名だった。

「あの人……」

小説家の鷹森壮十郎と編集者の兼田浩平である。

友梨香がつぶやいた。

「え」

「あの編集者さん。ゆうべ高山病になってずいぶんと苦しそうでした」

いわれて見れば、たしかに兼田という男は、顔色が悪く、表情が冴えない。疲れ切ったような顔で外テーブルにもたれている。その傍で作家の鷹森が小屋のスタッフたちに何やら怒鳴り立てているようだ。

夏実がメイを連れて歩き出した。

友梨香がついてきた。

「夏実さん!」

何があったのと訊こうとしたとたん、松戸が困り果てた顔を向けてきた。

「昨夜、こちらの方が高山病になられまして、これから下山していただこうと思ってるんです。ところが、こちらの連れ合いの方が独りで頂上に向かうといわれるので、何とか説得してるところなんです」

彼にいわれ、顔色の悪い兼田を見てから、隣に立っている鷹森に目をやった。

小説家の男は子供っぽくむくれた顔でそっぽを向いているばかりだ。

見たところ、兼田は顔色は悪いが、自力で立っていて何とか歩けそうな案配だ。ただし、いつまでも標高の高い場所にいては高山病が悪化する可能性もある。ここはすぐにでも広河原に向かって下りてもらいたいところだが、そんな相方の状況をよそに、自分は意地でも頂上に行きたいといっているわけだ。

さすがにあきれかえった。

「鷹森さん。よく考えてください。兼田さんおひとりで下山させるわけにはいきませんよ。ここはごいっしょして下りていただかないと」

「ヘリを呼べばいいだろう？」

そっぽを向いたまま、鷹森がいう。

「だからぁ」

松戸がつい声高になった。「ヘリはタクシーじゃありませんって」

「だったら、誰かがいっしょに下りてくれたらすむ話だ」

「気軽にそんなことをいわないでください。山小屋のスタッフにはそれぞれ仕事があるんです。ここはお客さんがごいっしょに付き添って下山されるべきだと思います」

「せっかくここまで登ってきたんだ。頂上を踏まずにおめおめと引き返せるものか」

夏実が一歩前に出て、いった。

「山は逃げたりしませんから、またあらためて出直してこられたらいかがでしょうか？」

鷹森は口をひん曲げたまま、向き直って指先で黒縁眼鏡を押し上げ、夏実をにらんだ。

「こんなにいい天気じゃないか。今度来たときに雨が降ったらどうするんだ」

夏実はあきれた。なんて身勝手な理屈なのだろう。

こんなとき、ハコ長こと江草恭男《えぐさやすお》隊長がいたら、いつもの笑顔が消失し、鬼の形相で怒鳴りつけていただろう。が、あいにくと彼は去年の二月に脳梗塞《のうこうそく》で倒れ、長期のリハビリを続けている。この秋には復帰できるという話ではあったが――。

鷹森にこういった。

「だいたいあなたのほうこそ、おひとりで大丈夫なんですか？」

「大丈夫に決まっとる」

不機嫌な顔で鷹森がいった。

「先生をひとりで行かせないでください」

か細い声がした。

見れば、編集者の兼田が青ざめた顔を向けている。「鷹森先生。登山ったって素人なんですから、ひとりで北岳の山頂に向かうなんて……とんでもない」

驚いた夏実は、あらためて鷹森にいった。

「本当にそうなんですか？　山の経験はどれぐらい？」

「ま。いくつか登ったがな」

ぶっきらぼうな口調で鷹森はいい、そっぽを向く。

「いくつかって？」

「高尾山ぐらいですよ」

兼田が泣きそうな声でいった。

夏実たちは、さすがに言葉を失って立ち尽くしてしまった。


「鷹森さん。疲れてらっしゃいませんか？」

夏実が歩きながら、作家に声をかけた。

草すべりの急斜面の途中である。ジグザグに折れ曲がる細い登山道の途中で足を止め、鷹森壮十郎が振り返った。

「いや。まったく」

涼しげな顔でそういうが、満面に汗の玉を浮かべている。

呼吸はあまり乱れていないが、かなり無理をしているのがわかった。

夏実は足元にピタリと停座したメイの頭を撫でてから、自分の後ろに続く安西友梨香を見た。

「友梨香さんは？」

「私なら大丈夫です」

ニッコリと微笑んでくる。

彼女と草すべりを登るのは、昨日に続いて二度目だが、今回はもうひとりの客がいる。

作家は相変わらず憮然《ぶぜん》とした表情で、ポケットから取り出した煙草に火を点け、それを吸い始めた。頬を這《は》い上がってくる紫煙に目をしばたたきながら、眼鏡越しに遠くを眺めている。

担当編集者の兼田浩平は、けっきょく白根御池小屋のスタッフ二名が付き添って、広河原まで下山させることになり、あれから間もなく出発した。

一方、鷹森はどうしても頂上に向かうという。

やむなく夏実がついていくことになったのだが、どうせならと友梨香も同行を申し出てきたのだった。

しかしあくまでもこれは夏実の仕事の範疇外《はんちゅうがい》だ。

もし、事故の報告が飛び込んできたら、そっちを優先させねばならない。

山の素人同然の鷹森はもちろん心配だが、友梨香に関しても不安はある。

昨日もそうだが、友梨香が北岳に来るとき、夏実は二年前の事件現場となった場所――両俣分岐点を通るルートに彼女を行かせないように気遣っていた。だから、頂上へ向かうとしても小太郎尾根ではなく、逆回りの大樺沢ルートを選んでもらうつもりだった。二度目に北岳に来たときも、そのコースをたどったのである。

ところが、友梨香はかまわないという。

たしかに恐ろしい経験だったし、今も夢に見るという。しかしそんなことに引きずられたくない。むしろ、過去のトラウマを克服したいのだと、友梨香ははっきりといった。

夏実はしばし考えた末、そのことを理解した。

念のため、救助隊の他の仲間たちにも相談した上で、慎重に現場を踏ませることにした。少しでも動揺や異常が見られるようだったら、ただちに引き返せばいい。ただし、そうなると鷹森をひとりで行かせるわけにはいかない。なんとしても説得し、いっしょに連れ戻さなくてはならないだろう。

友梨香にとってみれば、歌手だから、タレントだからと特別視してこない鷹森は、いっしょにいて気楽なのだろう。親娘かそれ以上に歳の離れた相手だが、彼女なりに鷹森のことを気遣って歩いているのがわかる。

もとよりトップアイドルにしては気取りが少ない友梨香だが、彼女が持っている生来の優しさが、この山ではじゅうぶんに発揮されているような気がする。

――至急、至急。警備派出所からＫ－９。どなたか、取れますか？

雑音に混じって、副隊長である杉坂知幸《すぎさかともゆき》の声がした。ザックのショルダーベルトにホルダーでつけている小型無線機からだ。夏実がとっさにトランシーバーを抜いたとき、別の声が入ってきた。

——こちら進藤です。どうぞ。

K－9チームリーダーの進藤諒大が先に返電した。

彼は夜明け前から静奈たちとともに、定期パトロールに出発していた。

——本署から救助要請の入電。北岳山荘を出発してトラバース道、大樺沢経由で下山予定の男性登山者が昨日から消息不明。家族から捜索願が入りました。道迷い、あるいは滑落の可能性もあり。救助犬による捜索をお願いします。

——進藤、諒解《りょうかい》。こちら、神崎隊員とともに吊尾根《つりおね》分岐付近に到達したところです。〝要救〟の〝人着《にんちゃく》〟は？

——〝要救〟は都内杉並区から来山した香川弘一《かがわこういち》さん、四十二歳。やや小太りの体型で、赤いマウンテンパーカ、深緑のズボン。カリマーの紺色のザックを愛用。登山歴は、えー、十年だそうです。

——諒解。神崎隊員とバロンとともに、北岳山荘に戻って〝源臭〟を取ってから捜索開始します。

あわてて夏実がPTTボタンを押した。

「星野です。こちらは現在、小太郎尾根上ですが、応援は必要ですか？」

ややあって、杉坂の声がした。

——バロンとリキのコンビで大丈夫です。星野隊員はそちらの任務を続けてくださ い。

「……諒解」

通話を切って、夏実はふっとつぶやいた。「任務？」

友梨香が心配そうな顔を向けてきた。

「お仕事なんでしょう？　私たちにかまわず行ってください」

「精強のふたりと二頭がいるから大丈夫だって」

そういって夏実は微笑んだ。

「そろそろ出発しないかね」

鷹森がいらだたしげにいい、煙草を口からむしり取り、足元に投げ棄てた。

「あ。煙草！　ダメですよ」

夏実は登山道に落とされたそれを拾った。

靴底で平らにつぶされていたが、それはまだかすかにくすぶっていた。

鷹森は憮然とした様子でそれを見た。

「あんたがしまってくれ」

「ご自分でお願いします」

きっぱりといった。「山に持ち込まれたものは本人が持ち帰る。それが基本のルールなんです」

鷹森はまるで口中に異物があるかのようにしきりに頬を動かしていたが、何もいわず、吸い殻をひったくって靴底で執拗にもみ消し、シャツの胸ポケットに入れた。それから鼻を鳴らして前に向き直り、勝手に歩き始めた。

クスッと友梨香が笑った。夏実が彼女に笑い返し、メイとともに歩き出す。


小太郎尾根に到達し、昨日、ランチをとった場所を越して、そのまま尾根筋を伝うようにルートをたどった。

頂上付近はガスに包まれているが、尾根の南と北側はよく晴れていて、柔らかく吹き寄せる風が心地よい。登山道はうねりながら稜線に続く。周囲は小砂利に混じって背の低いハイマツが斜面にへばりつくように茂っている。

平日とあって、登山者はまばらだった。

意外なことに鷹森はさほど疲れた様子もなく、一定のペースで歩いている。高尾山ぐらいしか登ったことがないといわれたが、それが信じられなかった。

ヒョロリと痩せた体型だが、意外に体力があるらしい。

「鷹森さん、凄いですね。ぜんぜんバテた様子がないんでびっくりです」

すぐ後ろを歩きながら夏実がいうと、彼は肩越しに振り返った。

「毎日、執筆の合間に散歩をしとるからな」

「散歩……ですか」

「そうだ」

夏実は思わず隣を歩く友梨香と目を合わせ、クスッと笑い合う。

「失礼ですが、小説家ってお聞きしたんですが、どんな作品を書かれてるんですか」

友梨香が質問した。

「ミステリだ。私の作品を読んだことがないのか」

鷹森がむくれていった。

「すみません。ミステリって、クリスティとか、宮部みゆきさんとかなら……ちょっと読んだことがあるんですけど」

とたんに夏実が噴き出しそうになり、あわてて掌で口を押さえた。

遠くでヘリの音がした。

見れば、南側に連なる池山《いけやま》吊尾根の上空を県警ヘリ〈はやて〉の青い機体がゆっくりと移動している。先ほど無線連絡があった行方不明者の捜索をしているのだろう。

進藤とリキ、静奈とバロンはふた手に分かれて捜索を始めているようだ。彼らと警備派出所のやりとりが、さっきからひっきりなしに無線で飛び込んできていた。夏実はさすがに気になったが、かれらに任せておけばきっと大丈夫と、自分にいいきかせる。

「山に勝手にやってきて、勝手に遭難して周囲に迷惑をかける。まさに自己責任という奴じゃないか。まったく、あんたらも大変だな」

鷹森が遠くのヘリを見ながらつぶやいた。

夏実はふと真顔になった。

「そんなことないと思います。遭難したくて山に来る人はいません。私たちだって大変だとか迷惑とか思ったりしませんし」

「そりゃ、仕事だからな」

仏頂面でいう鷹森を、夏実は悲しく思ってしまう。

本人だって周囲の事情をよそに、単独行を強行しようとしたのだ。もしもひとりだったら、いつなんどき遭難してもおかしくないだろう。

肩の小屋に向かってさらに歩くと、やがて鎖場にさしかかった。

先頭をゆく鷹森はそこを難なくクリアし、崖の上に到達した。友梨香が次に、最後に夏実とメイが登りきった。

「あと少しで肩の小屋です」

「そのようだな」

憮然とした様子で夏実にいった鷹森は、ふいに北の方面を指さした。

「あれは北アルプスか」

「そうです。ここからだと北アルプスから中央アルプス、御嶽《おんたけ》もあっちに見えます」

ふと思い出して、夏実はこういった。「いかがですか。こうして三千メートル級の神々の山嶺に立って、魂を解き放つなんてご気分は？」

初見のとき、鷹森からいわれた言葉を、夏実は皮肉って返したのである。

ところが本人はすっかり忘れていたようだ。

「ま。悪くはないな」

そういいながら、満足げに腕組みをしている。

ゆるやかな斜面を登り切ると、目の前に肩の小屋が見えてきた。

青い屋根の小さな建物。その向こうに北岳の頂稜がガスをまとってそびえている。

小屋の前で足を止め、夏実はメイを傍らに停座させた。

「お疲れ様でした。白根御池から三時間もかかってませんし、なかなかのコースタイムでしたよ」

そういうと、鷹森は欠びを隠すように、少しだけ口元をゆるめた。

「ここでお昼を取ってから、いよいよ山頂を目指します。そのあとは反対側の北岳山荘まで下りて、そこで今夜の宿泊という予定です。固有種のキタダケソウのシーズンは終わってしまったんですが、ミネウスユキソウとかハクサンイチゲなんて高山植物が、きれいに咲いたお花畑が広がってると思います」

するとと傍らにいた友梨香がクスッと笑った。

「夏実さんって物知りなんですね。ガイド料とったほうがいいかも？」

彼女の顔を見てから、夏実は苦笑した。

肩の小屋の前にあるテーブルを囲んで、夏実たちは鷹森と弁当を食べた。

メイは夏実の足元に停座して、折りたたみ式の皿でしきりに水を舐めている。

岩壁を真綿のように取り巻くガスで、北岳山頂方面は目視できない。しかし空は相変わらず晴れ渡り、澄み切っていた。

ちょうど食べ終わった頃、管理人の小林《こばやし》和洋《かずひろ》が小屋から出てきて、紙コップのコーヒーをトレイで運んできてくれた。

「ありがとうございます」

友梨香が礼を述べると、和洋が少し頬を赤らめた。

「朝から気持ちよく晴れて良かったですね」

和洋が笑う。「山頂付近、今はガスですが、気圧が上がっているのでじきに消えると思います」

彼女がここに来るのは二度目だった。この小屋の近くで発生してしまった事件のことも、もちろん彼はよく知っている。そのためか、友梨香に接する態度にも、そのことに対する気遣いのようなものが感じられる。

「こちら、鷹森さんです」

夏実が彼を紹介した。

「小説家の、鷹森だ」

そういって彼は咳払いをし、眼鏡を押し上げ、すました顔で背筋を伸ばした。

そのわざとらしさに夏実は笑いをこらえる。頑迷な男性は多々見てきたが、この人にかぎっては妙に子供っぽいところがどこか憎めない。

「てっきり友梨香さんのお父さんかと思いました」

和洋の言葉に、鷹森がむすっとした顔でいった。

「父親にしては、だいぶ老けておるが」

「でも、見た目はずっとお若いです」

夏実がいうと、彼は相変わらずの不機嫌な顔を向けてきた。

「世辞はいらんよ」

いつもの様子に夏実が笑う。

そのとき、傍らに置いたザックのホルダーから無線機がコールトーンを放った。

メイが気づいて、小さく吼えた。

夏実は人差し指を立ててメイを黙らせてから、トランシーバーを抜いた。

――こちら警備派出所、杉坂です。K－9チーム。取れますか？

しかし静奈が先に受けたようだ。彼女の声が続いて入ってきた。

――神崎です。どうぞ。

――そちらの状況はいかがですか？

――リキもバロンも、臭跡を取れないため、まだ〝要救〟の足取りが摑めていません。

――実は、本署からまた救助要請の入電がありました。仙丈ヶ岳において女性登山者二名が行方不明という通報です。ルート不明で捜索が広範囲にわたるため、どうしても救助犬の出動が必要となりますが……。

すかさず夏実がＰＴＴボタンを押した。

「こちら星野です。メイといっしょに仙丈ヶ岳に向かいます。〈はやて〉を肩の小屋まで回してピックアップしていただけますか？」

――夏実。あなた、いいの？

静奈が訊いてきた。

そのときになって、初めて気づいた。友梨香たちをガイドしている途中だった。

目が合ったとたん、友梨香が黙って頷いた。

彼女を見つめ、夏実はいった。

「大丈夫です。静奈さんたちはそっちの捜索を続行してください」

――わかった。ありがとう。

――こちら派出所、杉坂です。〈はやて〉の納富《のうとみ》さんに連絡を入れますので、肩の小屋のヘリポートで待機願います。〝要救〟に関する情報は、追ってお知らせします。

「諒解。よろしくお願いします」

通信を切って、夏実は立ち上がった。

メイはハンドラーの様子で自分の出動を察している。だから、お座りの姿勢のまま目を輝かせ、尻尾を振って夏実を見上げている。

夏実は友梨香たちを見ていった。

「ごめんなさい。せっかくごいっしょしていたのに、行かなければならなくなりました」

「こっちのガイドをすっぽかすのか」

鷹森にいわれ、夏実は困惑した。

「こういうことには優先順位《プライオリティ》というものがあります。私とメイは救助の仕事に携わっているし、わかっていただけませんか」

友梨香が、夏実の右手をそっと掴んだ。

「何よりも人命が大事ですから、お仕事を優先してください」

友梨香が笑っていった。「私たちだけでゆっくり行きますから」

夏実は二年前、事件が発生した現場のことを考えた。

「でも、友梨香さん。本当に大丈夫？」

「はい」

明るい笑顔で彼女が答えた。「大丈夫です」

9

県警ヘリ〈はやて〉は迅速に飛来した。

ガスに巻かれた北岳頂稜の南面をかすめるように旋回し、ゆっくりと姿を現したかと思うと、次第に高度を下げながら肩の小屋へと接近してくる。パタパタというブレードスラップ音がどんどん大きくなり、力強いエンジン音も聞こえ始めた。

赤と青の機体が尾根すれすれの空中を滑るように通過した。

さらに左旋回。

機体が間近に接近すると、ローターから吹き下ろすダウンウォッシュと呼ばれる下降気流が辺りの土埃《つちぼこり》を巻き上げる。

肩の小屋から北側に少し下った平地がヘリポートとなっていた。

吹き寄せる強風の中、友梨香は少し身を背けながら、ヘリがゆっくりとランディングポイントに下りるのを見ていた。隣に立っている作家の鷹森も、興味津々という様子でそれを眺めている。

夏実もメイもヘリの爆音や風に馴れたもので、まったく平然として横並びに立っている。

ダウンウォッシュの風で吹き飛ばされそうなキャップを片手で押さえながら、夏実は機体側面から見えるヘリの乗務員らしき男性に手を振っている。おそらくなじみなのだろう。

機体の対のスキッドが接地すると同時に、スライドドアが開かれた。

濃紺の制服に白のヘルメット姿の男性が手招きすると、夏実はメイを抱いてキャビンに乗せ、自分も身軽に機内に飛び込んだ。すぐに振り向きざま、友梨香たちに手を上げる。

友梨香は頭を下げた。

スライドドアが閉じられると同時に、エンジン音が高まって風が強くなり、ヘリが舞い上がった。あっという間に青空の真ん中に吸い込まれ、小さくなってゆく。

友梨香は仕事で二度ばかりヘリに乗ったことがあった。

一度はテレビ番組の撮影で。二度目はプロモーションビデオのため。いずれもあくまでゲストとしての搭乗だった。

ところが夏実たちは明らかに違っていた。ヘリに乗ること自体が仕事の一部であり、それがゆえに無駄な動きがいっさいなく、当たり前のように馴れている。それまで接してきた彼女の姿からは想像もつかないような、山岳救助の世界の一端を垣間見せられたような気がした。

そうしたプロフェッショナルの技術が、遭難現場などで生かされるのだろう。

これまでアイドルとして生きてきた。

いや、生かされてきた。

しかしどれだけ人気が出ても、もてはやされても、けっきょく地に足がついていないという感覚が頭のどこかにあった。

堅牢な土台が存在しないのである。

だから、いつかそのうちに凋落《ちょうらく》する。

自分がアイドルとして活躍できるのは多少の努力もあったかもしれないが、やっぱり運なのだ。その運とかツキに見放されたら、たちまち落ちていってしまう。そんな不安が常につきまとっている。

アイドルという言葉の本来の意味は偶像である。

そのことを知ったとき、友梨香の心の中には小さな衝撃があった。自分自身が偶像だと気づかず、お膳立《ぜんだ》てを整えられ、すべてをしつらえられた世界の中で、いい気になって歌い踊っていたのではないか。

唇を軽く嚙みしめ、空を見つめた。

ヘリの機影はすでに芥子粒《けしつぶ》のように小さく、北の空を遠ざかっている。

行く手には仙丈ヶ岳がそびえていた。

夏実たちが向かう現場である。

しかし今の自分には行くべき場所がある。

友梨香はゆっくりと視線を移した。

眼前に、北岳がそびえていた。空に向かって頂稜を突き上げている。

肩の小屋からはいきなりの急登となる。

友梨香が先、そのあとを鷹森がついてきた。

周囲はすっかりガスに取り巻かれ、白一色の世界のようになっていた。風もなく、重たい沈黙が周囲を圧している。

標高三千メートルを過ぎてさすがにバテたのか、それとも気圧が低くなったせいか、鷹森は足取りが重そうで、やや遅れがちだった。少し歩いては休みを繰り返している。友梨香は疲れてはいるものの、体が山に馴れたせいか余裕があった。

ときおり足を止め、鷹森が追いつくのを待っている。

彼の担当編集者が高山病になったということで、そっちの心配もある。何しろ高齢者である。友梨香自身は体調に変化もなく、頭痛やだるさといった高山病の兆候もないが、さすがに鷹森の様子は気になっていた。

しかし友梨香には同行する彼を気遣う余裕がなかった。

肩の小屋を過ぎて、およそ二十分が経過していた。相変わらず視界はガスに覆われている。急登をたどりながら高みを増していくにつれ、緊張感が高まっていく。

事件があった場所に向かっているためだ。

この二年間。

あのときの出来事が、ことあるごとにフラッシュバックとなって心によみがえった。

それを打ち消すため、あらゆる努力をした。楽しいことを考える。楽観的になる。開き直る。にもかかわらず、気がつくと凄惨《せいさん》な光景が脳裡によみがえってしまう。

夏実には平気だといった。

しかし、けっしてそんなことはない。

あの経験、恐怖を克服することはできない。寝ても覚めても、過去の記憶が追いすがってくる。

それでなくても、さまざまなプレッシャーがあった。ステージの緊張感。メンバーとの人間関係。睡眠もろくに取れぬほどの多忙な毎日。不特定多数のファンに囲まれ、詰め寄られる日々。

そんな超多忙の重圧にくわえ、自分の立ち位置のもろさ。

いつ落ち目になるかもしれないという不安。

どんな人気歌手も、ひとたび落ち目になれば起死回生をのぞむのは難しい。過去の栄光にすがるように生きている先輩たちを見るたび、悲しくなってしまうのである。

そんな複合的なプレッシャーに、しだいに耐えられなくなってきた。だから、こんな生活から逃れたいという想いがつのってきたのだ。

しかしどうせなら、現実からただ逃げ出すのではなく、前向きであるべきだと思った。今の自分が不安なのであれば、未来の希望を探すことだ。過去の影におびえるばかりではなく、それをまっすぐ見据えるべきだ。

だったらどうすればいいのかを、ずっと考えてきた。

試練を作り、それを乗り越えるしかない。

そのために私はここにやってきた。

思い切って、あの現場に立ってみよう。そこで恐怖を克服することができれば、きっとたどるべき道が見えてくるはず。頂上を目指す登山のように、自分が向かう場所が霧にまかれた視界の中に開けてくるはずだ。

さっきまでは夏実とメイがいっしょに来てくれるという安心感があった。命の恩人であるあのふたりが同行してくれるから、きっと平気だ。そう思っていたのに——それまですがりついていたものがなくなってしまった。

おかげで不安や孤絶感がまたつのってきた。

必死に摑まっていた浮き輪が、ふいに離れていってしまった。そんな気がした。だけど、もう怖がらない。

浮き輪を思い切って離してみたら、意外にひとりで泳げることに気づくものだ。だからきっと、このプレッシャーに立ち向かい、克服できるはず。それを信じるしかない。

もしもそれができたら——そのときこそ胸を張ってみよう。

私はひとりで歩いていける。

絶対に大丈夫。

歯を食いしばるように、友梨香は足を運ぶ。

一歩、また一歩と急登をたどってゆく。


斜面がふっと途切れ、視界が広がった。

目の前に標柱が立っていた。

濃いガスの中に、それは青白いシルエットとなって見えている。まるでそこに誰か、人が立ちはだかっているかのようだった。

友梨香は足を止めた。

標柱をじっと見つめる。

〈両俣分岐点〉というその文字を凝視した。

ゆっくりと周囲に目を移した。

荒涼とした感じの岩場である。地面を這うようにガスが左から右へと流れてゆく。そこかしこに、ハイマツの繁みが周囲に広がっている。他に草木はない。まるで死の世界——それとも別の惑星にポツンと取り残されているような孤絶感がある。

ジャリッと小石を踏む音がして、驚いて振り向く。

鷹森の痩せた姿がそこにあった。

友梨香の様子に何か異常を感じたのか、口をつぐんだまま、その場に立っている。
ふいに強い不安を感じた。
それがどんどん大きくなってくる。
そんな感情を鎮めようと、意識的に深呼吸をした。ゆっくり二度、三度。
しかし落ち着かない。それどころか、不安はどんどんと高まり、恐怖心となった。
胸の中で心臓が早鐘を打っていた。その鼓動が大げさなほどに聞こえてくる。
「あんた……顔色が悪いぞ」
鷹森の声。
ガスの中に立つ彼の顔を見て、すぐに視線を逸らした。
意識的に深く息を吸う。そして吐く。それを繰り返した。
額にどっと汗が噴き出してきた。
心拍がさらに大きくなっていく。全身の脈動がはっきりと感じられる。
「まさか高山病じゃないだろうな」
「……違います」
唇を噛んだ。口中に血の味がした。
やっぱり来るんじゃなかった。友梨香は後悔した。

しかし今さらどうにもならない。
自分はここに立っている。あの凄惨な事件の現場に来てしまった。
絶叫が聞こえた気がした。
複数の悲鳴。阿鼻叫喚の坩堝《るつぼ》。
思わず、膝を曲げてその場にしゃがみ込んだ。
両手で耳を塞《ふさ》ぎ、目を閉じる。
それでも声がする。叫び声。怒号。
ギラリと光るナイフが見えた気がした。
殺意を持ったあの男の、狂気にゆがんだ笑い顔――。
何度となく夢に見てうなされ、飛び起きた。その悪夢がまた脳裡に再現されていた。
恐怖がさらに高まってきた。
意識が白い閃光《せんこう》に包まれ、すっ飛びそうになる。
無理だ。
克服なんかできるはずがない。
こんなところに来たりするんじゃなかった。

ゆっくりと目を開いた。

友梨香は驚いた。

さっきまで、濃密な山の霧が周囲を取り巻いていた。

それがいつの間にかすっかり消え、遠くの景色がよく見えている。

真正面に見えるのは中央アルプスらしい。その稜線が彼方になだらかなうねりを描きながら連なっている。

真上を見た。どこまでも真っ青な空が広がる。美しい碧空《へきくう》。その真ん中を一条の飛行機雲が白い筋を伸ばしていた。

視線を下ろし、そっと立ち上がった。

自分の胸に手を当ててみた。

さっきまでの激しい動悸《どうき》がすっかりおさまっている。

意識を占めていた恐怖がいつしか薄らぎ、幻聴も幻覚もすっかり消え失せていた。

もう一度、顔を上げた。

息を吸い、そっと吐いた。もう一度、深呼吸。冷たい空気が胸の中に入ってきた。

心が穏やかになっている。

まるでどこまでも長いトンネルを闇雲に歩いていて、突然、外に出たという感じ。

そうして友梨香はまばゆい光の中に立っていた。

――こんにちはぁ！

突然、後ろから声をかけられ、びっくりした。

思わず飛び上がりそうになった。

見れば、チロルハットをかぶった中年女性と、ベースボールキャップの男性のペアの登山者だった。頂上方面から下ってきたようだ。

「……こんにちは」

友梨香は返事をして頭を下げた。

声がどこかうわずっていた。

「これから頂上ですか？」と、訊かれた。

「はい」

「とてもきれいでしたよ」

女性がニコニコと笑いながらいった。「ついさっきまでガスで何も見えなかったのに、それが嘘のように晴れ渡って、富士山までくっきり！」

本当に嬉しそうだった。

彼女のことを知らないのか、あるいは気づいていないのか。いくら人気歌手とはいえ、百人が百人とも彼女を知っているはずがないのだ。

「じゃ、お気をつけて」

夫婦連れのようだった。仲良く前後になって、肩の小屋方面へと斜面を下っていく。

ふっと我に返り、向き直った。

少し離れた岩の上に、鷹森が座り、のんきそうに煙草を吸っていた。

片手に折り曲げた登山地図を持っている。

頼りない足取りで、彼のところに歩いて行った。

「なんだ……ついさっきまで、今にも倒れそうな様子だったのに、まるきり別人みたいに元気になったな」

紫煙をくゆらせ、眼鏡の奥で目を細めながら鷹森がいう。

友梨香は無理に笑った。

胸のつかえが取れていた。それまでのプレッシャーがすっかり消えている。

「山に……元気をもらいました」

「そうか」

煙草を口からむしり取り、足元に落とした。吸い殻が小さく火花を飛ばす。

鷹森は気づき、それを拾い上げると、ていねいに岩角でもみ消し、シャツの胸ポケットに入れてボタンをかけた。

「頂上まであと三十分ぐらいだ。ぼちぼち行くか」

そういって登山地図を傍らに置いたザックのポケットに突っ込んだ。

「はい！」

友梨香は力いっぱい返事をした。

10

メイが立ち止まる。

そのすぐ後ろで夏実が足を止めた。

しきりに高鼻を使って風の匂いを嗅いだメイは、今度は頭を下げて地鼻となり、周囲の地面に鼻先をこすりつけ始めた。しかし確実な臭跡は取れないようで、どこか困惑した感じでランダムにあちこちの臭いを嗅いでいる。

標高三〇三二メートルの仙丈ヶ岳。

北岳に隣接し、同じ三千メートル級の山でありながら、比較的なだらかで高山植物も多く、人気スポットとして知られている。

要救助者は名古屋から来たという四十代の女性二名。どちらも登山歴は浅い。

下山予定日を過ぎても連絡がないという、ふたりの家族からの捜索要請だった。悪いことに各ポストを調べても登山届は見つからず、それがゆえに広範囲の捜索となってしまう。

犬がたどる源臭があればいいのだが、二日前に宿泊したと判明した仙丈小屋の部屋に彼女たちの残置物はなく、履いたスリッパなども特定できない。

いくら救助犬の鼻が優秀とはいっても、元のない臭いをキャッチすることは不可能である。だからメイは、登山道を外れた人間の臭いを捜すしかない。

仙丈小屋から馬《うま》の背《せ》に向かうルートにふたりはいた。

周囲はハイマツやダケカンバの低木が広がり、岩場や砂地が露出している。どこか、そう遠くない空からヘリの爆音が聞こえてくる。少し前、夏実とメイを下ろしたばかりの県警ヘリ〈はやて〉だ。ふたりは地上からの捜索、〈はやて〉は空から要救助者たちを捜している。

しかしなかなか発見には至らない。

北岳で別の要救助者を捜している静奈や進藤たちも、まだ〝要救〟発見の報告をしてこない。県内でもう一機の救助ヘリとして知られる消防防災ヘリ〈あかふじ〉が飛来して、静奈たちのエリアを捜索し始めたおかげで、〈はやて〉はこちらでの任務に専念できるが、いずれにしても日没前には帰投しなければならないため、もはや時間との勝負である。

夏実はメイの動きを見ながら、ふと友梨香たちのことを考えた。

視線が無意識に北岳に向いている。

ふたりはもうとっくに〝あの場所〟に到達した頃だ。

ストラップを外して、ザックを足元に落とした。雨蓋《あまぶた》のポケットからスマートフォンを引っ張り出した。友梨香の番号を画面に呼び出し、少し迷ってから指先でタップする。

スマホを耳に当てながら、呼び出し音を聞いた。

数回、コールが鳴って、友梨香が出た。

――夏実さん。お疲れ様です。遭難者は見つかりましたか？

「それがまだなんです」

――大変ですね。

夏実は少し考えてから、いった。

「今、どのあたりですか？」

少し間があった。

――もうすぐ頂上です。

それを聞いて夏実はホッとする。

二年前に事件があったあの場所――両俣分岐点を越えたのだ。

「大丈夫ですか」

――はい。

思ったよりも声が明るい。

「天気はいいし、頂上からは絶景だと思います。あとひと息。頑張って」

――ありがとうございます。

「鷹森さんは？」

――お元気のようです。

「良かった。頂上から北岳山荘まではアップダウンが激しいし、ちょっとした難所もありますから、くれぐれもお気をつけて、慎重に下ってくださいね。登山は下りのほうが事故が起きやすいんです」

――わかりました。夏実さんも頑張って。無事発見をお祈りしてます。

「ありがとうございます」

通話を切った。

ホッとして胸を撫で下ろした。

彼女はあの場所に立ったはずだ。自分の力でトラウマを克服したのだろう。

「メイ。私たちも頑張ろう！」

傍らに座る相棒に声をかけた。

トライカラーのボーダー・コリーが嬉しそうに夏実を見上げ、尻尾を振った。


標高三一九三メートル。

日本で二番目に高い山、北岳の頂上に友梨香と鷹森はいた。

空は抜けるように青く澄み切っていて、雲ひとつない。風のまったくない、暖かな午後だった。頂稜を取り巻いていたガスもすっかり消え失せて、周囲三百六十度、まさに絶景。遥か彼方まで見渡せる。

白い雲塊の向こうに富士山が勃然《ぼつぜん》と頭を出していた。

周囲に登山者は数名。写真を撮り合ったり、弁当を食べている者もいる。

友梨香に気づいた人はいない。みんな北岳の頂上にいることに興奮し、満足しているからかもしれない。

山梨県が立てた大きな山頂看板の近くに立って、友梨香は深呼吸をした。

ここに来るのは二度目で、前は夏実とメイがいっしょだった。今日は誰のフォローもなく、自分の足でここまで来ることができた。その想いが胸を占めている。

鷹森は少し離れた場所にある岩に腰を下ろしていた。

足下にザックを置き、煙草を吸いながら景色を眺めている。登山には不馴れだというにもかかわらず、ほとんどバテることなくここまで到達したのだから、たいしたものだ。

しかしながら、本人はあまり嬉しそうな表情をせず、なぜだかこわばったような顔で紫煙を風に流していた。

そんな様子が気になったが、友梨香はあえて黙っていた。

無用な詮索《せんさく》はするものではないし、本人だっておそらく嫌がるだろう。

友梨香は自分のことに意識を戻した。

ひとつ試練を越えた。それは確かだ。

少し前、あの場所――両俣分岐点に立ったとたん、あの陰惨な事件の記憶が一気に押し寄せてきた。一瞬、強烈なパニックに襲われて我を失うところだったが、それをなんとか押しとどめることができた。

事件以来、何度となく発作のようにあのときの衝撃が押し寄せてくることがあった。おかげで鬱症状になり、悪夢にうなされて飛び起きたりもした。心療内科にかかり、医師からは心的外傷後ストレス障害（ＰＴＳＤ）と診断された。しかしそうしたメンタル疾患を抑えることはできても、それを解消する特効薬はないという。だとすれば、一生涯ともに生きていくか、あるいは何らかの手段で克服するしかない。

友梨香が自分の芸能活動に対して意欲が低下してきたのは、そのＰＴＳＤと無関係ではなかったはずだ。こんな負の感情を抱えたまま一生を過ごすなんてとても耐えられない。

だからこそ、あえて自分から立ち向かおうと思ったのだった。

その背中を押してくれたのは夏実である。

北岳に来たのはいいが、あの場所まで行けるかどうか、自分で自信がなかった。しかし彼女を見ているうちに、元気がわいてきた。やれるのではないかという希望的観測を見いだして、自分の足でここまで到達できたのである。

山の清涼な空気を思い切り吸い込み、ゆっくりと吐き出す。

心の中にあった不安の残滓《ざんし》すらも、自分の中からすっかり消えているのに気づいた。パソコンの記憶媒体をフォーマットして、中身をクリーニングしたような感じだ。これまで背負っていた重荷から解放され、気持ちがすっかり軽くなっている。
やっぱりここに来てよかった。
心底、そう思った。
携帯電話の呼び出し音に気づいた。
一瞬、自分かと思ってあわててザックに手を伸ばしたが、鷹森だったようだ。
彼は折りたたみ式の携帯電話を取り出し、耳に当てた。煙草を指の間に挟んだままだ。
「もしもし?……兼田君か」
鷹森の声からして、相手は下山した担当編集者のようだ。
「元気そうだな。高山病は良くなったのか」
それから中腰になって岩に座り直し、友梨香に背を向ける格好で相手と話し始めた。
その猫背気味の後ろ姿を、しばし見ていた。
友梨香は向き直り、その場でまた絶景に目を戻した。
これでまたやり直せる。
行き先にどんな困難があっても、胸を張って歩いて行こう。
そう思ったときだった。

——あのぅ。すみませんが写真を撮っていただいていいですか？

近くから女性の声がして、振り向いた。

大学生っぽい若い娘ふたりが立って、ひとりがコンパクトデジカメを持っている。

いずれもカラフルな山ガールファッションが似合っていた。

「いいですよ」

そういって、友梨香はデジカメを受け取った。

ふたりは北岳の看板の左右に立って、恥ずかしげにピースサインをした。

構図を決めてシャッターを押した。念のために二枚、撮影してからカメラを戻した。

受け取った娘が突然、気づいたらしい。

「あれ……もしかして、〈ＡＮＧＥＬＳ〉の安西友梨香さん？」

もうひとりがあっけにとられた顔になる。

ハッと自分の口を掌で覆った。「……嘘！　似てるって思ったけど、まさか本人？」

友梨香は仕方なく、地味に頭を下げた。

「えー！　大ファンなんです」

「ありがとうございます」

「でも、どうして？　おひとりなんですか？」

「ええ、まあ」

彼女たちは顔を見合わせ、ひとりがためらいがちにいった。

「握手してもらっていいですか？」

友梨香は頷き、ふたりの手を順に握った。

周囲の登山者たちが気づき始めたようだ。遠くからこっちに視線を投げている。

あからさまに指差している者もいた。

「鷹森さん。そろそろ行きませんか？」

岩に座っている作家に、友梨香はそっと声をかけた。

彼を見て、驚いた。

すっかり短くなった煙草を指の間に挟んだまま、鷹森は茫洋《ぼうよう》とした視線を遠くに投げていた。その眦から涙が痕を引いて落ちている。何かの見間違いかと思ったが、やはり本当に泣いているのだ。

「鷹森、さん？」

彼はふと友梨香を見、あわてて左手で目尻をこすった。

「もう出発か」

「え……ええ。あまりゆっくりすると、山小屋に到着するのが遅くなりますから」

「わかった」

彼は立ち上がった。

煙草を登山靴の裏に押しつけてもみ消し、それをシャツの胸ポケットに落とした。

それからやおらザックを背負い始めた。


今日の宿泊予定である北岳山荘へのルートは、頂上の真反対になる。アップダウンが激しく、ちょっとした難所もあると、夏実が携帯電話で伝えてきたとおり、荒々しい岩場の急な下り道が続いた。

岩場を越えると、急斜面に鉄梯子《てつばしご》がかかった場所があった。

友梨香と鷹森はその上に立って見下ろした。

下から冷たい風が吹き上がってきた。

さっきまでまったくの無風だったのに、斜面のハイマツをざわつかせるほどの風だ。

ふと、友梨香の意識を不安がかすめた。難所を前にして感じた、さっきまでのものとは別の不安——それを無理に押し込めた。

大丈夫。慎重に下ればいいだけのこと。

そう思って足を踏み出そうとしたときだった。

ふと気配に気づいて、肩越しに振り向いた。

鷹森が少し離れた場所にポツンと立っている。その姿がやけに寥々《りょうりょう》としているように思えた。友梨香は向き直った。

「どうしたんです？」

「……こんな山、来なくても良かったな」

彼は無表情にそういった。

言葉の意味がくみ取れず、友梨香は途惑った。

「どうしてそんなことをおっしゃるんですか」

鷹森はかすかに眉根を寄せ、口をへの字に曲げていた。

「何でもない。別に、深い意味はない」

そういって彼は歩き出した。

友梨香の傍を通り、鉄梯子に取り付いてゆっくりと下り始めた。

それを追って彼女も梯子を下りた。

やがて鷹森が梯子を下りきった。

彼が登山靴を下ろしたとたん、靴底が乗った岩がグラッと動いたのが見えた。梯子に摑まったまま、友梨香が小さく「あっ」と叫んだ。バランスを崩した鷹森が、あわてて何かにしがみつこうとしたが、果たせず、ドッと横倒しになった。

そのまま、急斜面を滑落した。

友梨香は硬直した。

鷹森は岩場を滑り落ちて、ハイマツの斜面でなんとか停止した。

小さな岩や小石が彼の周囲を落ちていくガラガラという音が続き、やがて途絶えた。

友梨香はあっけにとられ、一部始終を見ていた。

鷹森は斜面に俯《うつぶ》せのかたちで動かなかった。

「……鷹森さん！」

声をかけると、彼はゆっくりと顔を上げた。

――大丈夫だ。ちょっと滑っただけだ。

思ったよりも元気そうな声に、友梨香は胸を撫で下ろした。

慎重に梯子を伝って下り、あらためて見下ろした。

鷹森の姿は数メートル下だ。土埃で頭髪や上半身が白くなっている。右手がハイマツを束にしてギュッと掴んでいるのが見えた。

足場は決してよくはない。ふたたび滑落してもおかしくない状況だった。

――なんとかそっちまで登ってみる。

鷹森がいったので、あわてて首を振った。

「危ないから、その場を動かないほうがいいと思います」

周囲を見た。

助けを求めようにも、他に登山者の姿はまったくなかった。

だとすれば、自分が助けにいくしかないのか。

鷹森が這いつくばっている場所まで、岩の亀裂《クラック》に指をかけたり、ハイマツを摑んだりして下りていけそうに思えた。途中の段差を足場にして、彼の手を摑んで引っ張り上げられるかもしれない。

「これから、そこまで行きます」

そういってから、友梨香は慎重に斜面を下り始めた。

――何をやっとる。無理をするな。

鷹森がいったとき、ゴツゴツした岩肌にかけていた靴底が、ふいにツルリと滑った。

とっさに伸ばした手が虚空を摑んだ。

アッと思う間もなく、友梨香は斜面を滑落し、真下にいる鷹森にぶつかった。

そのままふたり、もつれ合うように、さらに下へと落ちていく。

11

捜索を開始して三時間近くが経過した。

静奈たちからは、北岳頂稜直下のトラバース道から滑落した要救助者を発見、消防防災ヘリ〈あかふじ〉がピックアップし、甲府《こうふ》の病院へ搬送するため、飛び去ったと連絡が入っていた。

今は進藤とリキのペアとともに、こちらに向かっているという。

太陽が西の空に低くかかり、中央アルプスの稜線の向こうに落ちようとしていた。

夏実とメイはようやく不明者の足がかりを見つけていた。

場所は仙丈小屋から西へ向かう地蔵尾根《じぞうおね》の途中。一般の登山ルートではなく、地図上では破線で描かれている。その途中で尾根を外れて斜面を下った登山者らしき臭跡を、メイがキャッチしたのだった。

すぐに警備派出所に連絡を入れ、ふたりは尾根筋から降下した。

もちろん道などない。いつ崩れてもおかしくない、花崗岩のもろい岩肌をビブラムソールの靴底で踏みながら、慎重に下っていく。メイも岩場に爪を立てて、夏実とともに急斜面を伝って下りる。

ガレ場を過ぎて、低木の繁みの中に入ったとたん、臭気が濃くなったようで、メイの反応が激しくなった。しきりに辺りを嗅ぎながらジグザグに走る。

ふいにメイが足を止めた。激しく尻尾が振られ、ひと声、吼えた。

同時に夏実も気づいた。

木立の向こうに人の姿が見えた。

登山服姿の女性がふたり、立木の根元に座り込んでいた。

ひとりは小柄で、もうひとりはやや太り気味。どちらも五十代。あらかじめ聞いていた情報と合致する〝人着〟である。

メイの声に気づいたらしく、ふたりはこちらを凝視していた。

ふたりとも憔悴《しょうすい》しきった表情だが、遠目で重傷を負っている様子はうかがえない。

だから慎重に接近していった。

少し離れた草の中に立って、夏実が声をかけた。

「南アルプス署山岳救助隊です。今川清子《いまがわきよこ》さんと藤原幸世《ふじわらゆきよ》さん、ですね？」

ひとりが黙ってうなずいた。疲れ切った表情で夏実たちを見ている。

「お怪我はされてませんか？」

小柄な女性のほうが、少しかすれた声でこういった。

「少し前、滑り落ちたときに、ちょっと腰を打ち付けましたけど、もう痛みはほとんどありません。幸世さんのほうは大丈夫です」

「良かったです」

夏実は安心していい、メイを傍らに停座させた。

清子のほうがこういった。

「ずいぶんと迷ったんです。歩いても歩いても、どうしても道がわからなくて……」

さんざん徘徊《はいかい》した末に斜面を下ってしまったのだろう。怪我よりも疲労で足腰が立たなくなってしまったようだ。

「帰り道とは真反対の方角に来ちゃいましたね。でも、道迷いしたときに崖を下りるのは御法度《ごはっと》なんです。とにかくご無事で何よりです」

夏実はザックを下ろし、笑いながらテルモスの水筒を引っ張り出す。

マグカップにホットカルピスを注いで、ふたりに渡した。

「焦らずに、少しずつ飲んでください。元気が出ますから」

そういいながら、夏実はふたりの様子を観察する。

やはり大きな怪我はないようだが、疲労の様子から、このまま自力で歩いて下山するのは危険だろうと判断した。

立ち上がってトランシーバーをホルダーから抜き、規定のチャンネルで警備派出所にコールを飛ばした。

「こちら、星野です。派出所、取れますか？」

すぐに返電が入った。

——派出所、曾我野です。お疲れ様。状況はいかがですか？

「地蔵尾根南斜面を下った森の中で〝要救〟二名を発見。双方に重篤な怪我はなし」

——良かった。ご苦労様です。

「ヘリ搬送は可能でしょうか？」

——日没前ですので大丈夫だと思います。〈はやて〉にこちらから連絡を入れます。

「発煙筒を目印に降下願いますとお伝えください」

——派出所、諒解。

通信を切ろうとして、夏実はふと思い出した。

「あ、えっと。それから曾我野さん。私用でもうしわけないんですが、先刻の件です。北岳山荘のほうには連絡を入れてもらえましたか？」

——はい。ちょうど三十分前、山荘のスタッフの方と無線交信して確認しました。

《モリカワさん》という名前で予約された方が、午後三時過ぎ頃、お連れといっしょに到着されたとのことです。男女二名だそうです。

森川智美は友梨香の本名だ。男女というし、もうひとりは鷹森に違いない。

無事に着いたと知って、夏実はホッとした。

「ありがとうございます。また、状況を追って報せます」

通信を切り、トランシーバーをしまった。

ふたりの女性は相変わらず立木にもたれて座ったまま、マグカップのホットカルピスをすすっている。双方が安堵の表情を浮かべていて、頬がかすかに赤らんでいた。

やがてヘリの音が聞こえ始めた。

〈はやて〉は近くを飛行していたはずだ。ヘリの速度からすれば、到着はあっという間である。

メイといっしょに歩き、木立の外に出ると、こちらにアプローチしてくる青い機体が小さく見えている。ザックから発煙筒を取り出し、発火させると、岩の窪みにそれを置いた。

煙が勢いよく立ち昇っていくのを確認し、急いで引き返すと、ふたりに声をかけた。

「ヘリが来ました。ゆっくり立ち上がってください。森の外まで歩いたら、そこでピックアップしてもらいます」

ふたりの女性は同時に頷き、持っていたマグカップを返してくれた。

彼女たちは自力で立ち上がり、傍に置いていたザックを手にした。

「歩けますか？」

「大丈夫だと思います」

幸世という小太りの女性がそういった。

「ご無理をなさらず、ゆっくりでいいです。いっしょに歩きましょう」

夏実はふたりに寄り添うように、メイとともに歩を運んだ。

そのうちになぜか、奇妙な不安が胸中にわくのを感じた。

いやなイメージの〝色〟が意識の中ににじみ出してくるのを、夏実は無理に押さえ込んだ。

友梨香たちは無事に北岳山荘に到着したのだ。

今さら、何の心配があるのだろう。

あとで電話を入れればいい。きっと元気な声が聞こえるはずだ。

そう自分にいい聞かせながら、夏実はメイをつれ、ふたりの女性を森の外へと誘導した。

12

意識を取り戻した。

とたんに体が震え始めた。寒さが全身を包み込んでいる。

友梨香は虚ろな目を開いた。自分が氷のように冷たい岩の上に、俯せになっていることに気づいた。ゆっくりと身を起こした。

だんだんと記憶が明確に戻ってきた。

梯子場の下から滑落したのだ。

思い出したとたん、突如として恐怖に包まれた。

両手を動かし、肢の様子を見る。骨折はなさそうだ。腰や肩に激しい痛みがあるが、どうやら打ち身らしい。

登山シャツの右腕の袖が大きく破れ、肘が露出していた。皮膚がすりむけて血がにじみ、シャツが褐色に染まっている。ズボンの左右の膝にも血がしみこんでいた。何よりもひどいのは右の掌だ。岩角に当たったのか、ザックリと切れて血が流れていた。

思わず顔をゆがめる。

不幸中の幸いか、骨折や内臓への深刻なダメージはなさそうだ。

頭を打った記憶もなく、意識は明瞭《めいりょう》である。

ゆっくり見上げると、遥か上方にふたりが足を滑らせた梯子場が見えた。今はまたうっすらとガスがかかっている。

空は暗く、すでに日が暮れているようだ。薄闇が周りの世界を青白く染めている。

彼女がいるのは、斜面の途中にできたテラスのような狭い平坦地だった。滑り落ちてくる途中で止まったらしい。さもなくば、さらに下まで転落していったに違いない。

次の瞬間、友梨香は思い出した。

「……鷹森さん？」

辺りを見る。左側、少し離れた場所に、彼は仰向けに横たわっていた。

かけていたはずの黒縁の眼鏡がなくなっていた。滑落の際、どこかに飛んでいったのか。あるいは崖下に落ちたのか。

本人のザックがないのを奇異に思って視線を移すと、少し下方の崖の途中に引っかかっているのが見えた。落ちた衝撃でストラップが切れてしまったのだろう。

友梨香は背負っていた自分のザックをなんとかその場に下ろすと、這うように移動して、彼の傍に横座りになった。

鷹森は目を閉じている。

顔の右側が傷だらけだった。乾いた血がこめかみ付近から小鼻の横辺りにこびりついている。

恐る恐る腕を摑んだ。

「鷹森さん。大丈夫ですか」

呼びかけながら、少し腕を揺すった。

鷹森が薄目を開いた。生きていてくれたと、友梨香はホッと安堵した。

彼の視線が自分を向いた。乾涸《ひから》びた口を開く。

「私は……落ちたのか」

頷いた。「すみません。私が足を滑らせて、鷹森さんを巻き込んでしまったんです」

「そうか」

思い出すように鷹森は視線を離した。

「どこか、痛むところはありますか」

すると彼はかすかに眉間に皺《しわ》を刻んだ。

「あちこちが痛いが、とくに左胸の上のほうがひどく痛む。ちょっと見てくれないか」

いわれて恐る恐る確かめた。

鷹森の左胸。見た目にとくに異常はないが、シャツの上から手で触れてみると、明らかに熱を持って腫《は》れているのがわかる。

「……もしかしたら、これって鎖骨の骨折かも」

「やはりそうか」

「ごめんなさい」

鷹森はまた友梨香を見た。「あんたが謝ることじゃない。もともとが私の不注意だ」

「でも……」

「そんなことよりも、携帯で助けを呼んだほうがいい」

ハッとなった。「そうですね」

転がしていた自分のザックのところに這って戻った。

新調したはずのアークテリクスのザックも傷だらけで、角が破れて中身が見えるほどだった。雨蓋のジッパーを開き、スマートフォンを引っ張り出した。

電源スイッチを入れると、ちゃんと生きていてホッとした。が、右上に小さく表示された〈圏外〉の文字を見て落胆する。

また、尾根を見上げた。登山起点の広河原に大手携帯会社の中継アンテナが立っていたはずだが、ちょうどここは山陰になっていて、電波が遮られているのだろう。

仕方なく、ザックを引きずりながら鷹森のところに戻った。

「私のスマホはダメです。電話会社が違ったら通じるかもしれません。鷹森さんのを貸してもらえます？」

彼は頷き、左手をズボンのポケットに入れた。

渡された折りたたみ式の携帯電話を開いてみた。

電源ボタンを押したが、まったく反応がない。ポケットに入れていたため、滑落時にぶつけて壊してしまったのだろう。

表示を見ると、たしかに電話会社が違うようだが、これでは役に立たない。

友梨香は落胆した。

「すまない」

「仕方ありません」

絶望が心を占めようとしていたが、それを打ち消した。

「夏実さんたちがきっと助けに来てくれます。ここで救助を待ちましょう」

「あんたまでこんなところに残ることはない。私にかまわず、行きたまえ」

友梨香はかぶりを振った。

「鷹森さんおひとりを残していくことなんてできません。それに……」

真上を振り仰いで、彼女は嘆息した。「もう、こんなに昏《くら》くなってしまって。危険な場所を這って登るなんてとても無理です」

鷹森も仰向けになったまま、上を見た。

その渇いた口の間から呼気が白く洩れた。気温がずいぶんと下がっている。

「七月だっていうのに……山の日暮れは冷え込むな」

鷹森がつぶやいた。

「これからツェルトを設営します。狭いですけど、中に入れば暖かいと思います」

友梨香は自分のザックからオレンジ色のスタッフサックを引っ張り出した。ドローコードを引っ張って口を開け、ギュウギュウ詰めに小さくしてあるツェルトを出す。テントほど快適ではないが、あくまでも緊急用の簡易テントである。しかしないよりは遥かにましというものだ。

「用意がいいんだな」と、鷹森。

友梨香は少しだけ笑った。

「万が一の時に必要だって、夏実さんにくどいほどいわれて、いつもザックの中に入れてたんです。おかげで命拾いできそうです」

防水のナイロン生地を平らに伸ばしながら、彼女は不器用な手つきで設営を始めた。

13

「ご苦労様です」

白根御池の警備派出所前で、曾我野と横森《よこもり》両隊員に出迎えられた夏実は、ふたりに敬礼し、待機室に詰めていた杉坂副隊長に報告を入れた。

それからメイを犬舎へと連れて行った。

屋内で水をたっぷりと飲ませ、食事を与えてからブラシをかけながら、今日の救助事案を振り返っていた。夏実はさすがに極度の疲労に襲われ、眠気と戦いながらメイの世話をしていた。

静奈と進藤たちは一時間前に帰還していて、すでに犬舎にはバロンとリキの姿がある。

どちらもやはり疲れているようで、ケージの中に横たわって寝入っている。

メイを撫でながら二頭の姿を見ているうちに、ふと奇妙な不安に襲われた。

さっきと同じく胸騒ぎがするのである。

どうしてかわからないが、いやな予感のようなものが心にジワジワとしみ出してくる。気がつけば、メイを愛撫《あいぶ》する手が止まっていて、相棒が不思議な表情で夏実を見上げていた。

友梨香のことかもしれないと思った。

しかし、彼女はちゃんと北岳山荘に到着したはず。山荘のスタッフが曾我野隊員にそのことを伝えてきたのだから。

何度も自分に向かってそういいきかせる。

ところが不安は消えないのである。

そっと吐息を投げて、夏実は立ち上がった。

メイをケージに入れると、犬舎を出た。

とっぷりと日が暮れて、いつしか山小屋の各部屋には明かりがともっている。夕食時間が終わって、登山客たちがそれぞれの部屋に戻っている頃だ。

頭上は一面、美しい星の海になっていた。

それを見上げながら、夏実はまた考え込んでしまった。

万が一――という言葉が脳裡にある。

少し迷った末に、ズボンのポケットからスマートフォンを取り出した。北岳山荘の代表番号が表示されて、指先でタップした。

呼び出し音が続き、男の声がした。

——はい。北岳山荘です。

独特の早口で、すぐに相手がわかった。顔なじみの古参スタッフ、栗原幹哉《くりはらみきや》だ。

「栗原さん。救助隊の星野です。お疲れ様です」

——あ。夏実さん。どうも！

突然、明るい声になった。

「ちょっと伺《うかが》いたいんですが、今日、そちらに到着したはずの、えー、森川という名前のお客さんについてなんですが」

——ちょっと待ってください。名簿を見てみます。

しばし間があって、幹哉の声がした。

——ああ。モリカワさんね。二名様でお泊まりですが、何か？

「その人って……あの……〈ANGELS〉の安西友梨香さんですよね」

また、通話が途切れてしまった。

——何いってんですか。だったら、いくら何でもわかりますよ。俺、大ファンっすから。

声高な声に夏実は驚いた。

「だって、森川智美さん、ですよね」

――違います。モリカワ・アキラさん、五十代の男性です。盛るの盛に三本川。明るいの明。お連れの女性は聡子《さとこ》さん。奥様のようです。

あっけにとられてしまった。たしかに男女二名と聞いていたが。

「……友梨香さんじゃないのね」

――マジに北岳に来られてるんですか？

夏実は口を引き結んでいたが、こういった。

「今日はそちらに宿泊予定でした。まだ到着してないってことは、事故の可能性が大きいです」

――どうするんですか！

「また、連絡入れます。何かわかったら報告お願いします」

そういって通話を切った。

無意識に何度か深呼吸をした。

パニックになりそうな自分を何とか鎮めてから、スマホの画面に友梨香の携帯番号を呼び出し、タップした。胸をドキドキさせながら、スマホを耳に当てる。

――おかけになった電話は、電源が入っていないか、電波の届かないところにあります。

冷たい女性の声のメッセージが聞こえた。

夏実はゆっくりとスマホを下ろした。

「友梨香さん……」

あわてて警備派出所に向かって駆け出した。


ツェルトは文字通りの簡易テントである。

強者《つわもの》のウルトラライト・ハイカーの中には、これをテント代わりに縦走する人もいるそうだが、基本的には緊急時のビバークに使う。だからけっして居住性は良くはない。通気性が悪く、防寒性能もテントの比ではない。おまけに生地の内側が呼気や温度差で結露し、内側に水がたまったりする。

それでも、これがあるとないとでは大違いだという。

万が一に備えて――と、夏実にくどいほどいわれたとおりだったと、友梨香は思った。

本来ならばひとりがやっと横になれるスペース。そんな狭さの中に鷹森とふたりで入っていた。当然、体が密着してしまうが仕方がない。むしろ外気温が低くなっているため、このほうが暖かくて良かった。

敷布代わりにエアマットを敷いて、その上に横になり、寝袋のジッパーを全開させて羽毛布団のように体の上からかけていた。おかげで寒さはほとんど感じなかった。

最初、鷹森は鎖骨の痛みをしきりに訴えていた。友梨香はファーストエイドの薬といっしょに持っていた冷感湿布をあてがうことしかできなかったが、それでだいぶ痛みは収まったらしい。じきに寝入ってしまい、今は軽い鼾が耳許《みみもと》で聞こえていた。

煙草臭や加齢臭はあまり気にならなかった。

友梨香は小学三年のときに母親を乳癌で亡くした。以来、父親の手で育てられてきた。

自家用車を持っていなかった父は、毎日のようにスーパーカブで友梨香を学校に送ってくれた。雨や雪の日も雨具を身にまとい、父親の腰に手を回し、男臭い、大きな背中にしがみつくようにしてカブで走っていた。

そんなことを思い出し、懐かしい気持ちになった。

父は友梨香がデビューして間もなく、母の後を追うように、脳溢血《のういっけつ》で亡くなった。

以来、ずっとひとり暮らしを続けていた。

金銭的には何の不自由もなかったが、心が通い合うような友もいなかった。多忙な芸能活動でそれどころじゃないのだと、自分にいいきかせてきた。

狭くて暗いツェルトの中で、友梨香は目を開き、いろんなことを考えていた。

さいわい、ここには時間ならいくらでもあった。

多忙な芸能生活では考えられないことだ。

鷹森がかすかに身じろぎをする気配があった。

大きな怪我は鎖骨の骨折だけのようだ。あれから何度か患部に触れてみた。熱を持ってはいるが、腫れは少し引いているようだ。急を要することではないだろう。

しかし遭難はまぎれもない事実。

北岳山荘に予約を入れていたため、彼女らが到着していないことはわかっているはず。だとすれば、山岳救助隊に連絡が入り、夏実たちが捜索してくれるのではないか。

とにかく連絡さえ取れたら――。

頭の傍に置いていたスマートフォンを手探りして摑み、また電源を入れてみた。

相変わらず表示される圏外の文字を見て落胆した。

あの場所に立って、これまで自分にのしかかっていた精神的プレッシャーをなんとか克服できた。文字通り、ひとつ山を越したというのに、いきなりこの有様は何なのだろう。

ホッとして気が抜けたせいもあるかもしれない。

登山は下りのほうが事故が起きると、夏実に念押しされるようにいわれていたのを思い出す。たしかに足下がおろそかになりやすいし、疲れもあったはずだ。

なぜか怖くはなかった。

自分が死に直面した状況ではないからだろう。

二年前の事件のとき、ここからそう遠からぬ場所で、森の中をたったひとりでさまよっていた。それも殺意を抱いた男に追われていた。あのときの恐怖と孤絶感を思えば、どうということはない。

最悪でも、ここで一夜を明かして朝になれば無事に助け出されるはずだ。

ただし、大きな問題がある。

このことが世間に知られると、大騒ぎになるだろう。人気アイドル歌手が山で遭難――マスコミにとって、あるいはＳＮＳの話題として、これほどうってつけなものはない。

そのことを考えると、またしても暗澹《あんたん》たる気持ちが起こってきた。

ストーカー事件に続いて、今度は山での遭難。

二度の危機に見舞われたアイドル歌手。

この山にやってきて、それまで自分が抱えていたトラウマをやっと払拭《ふっしょく》できた。

そのことで、前向きに踏み出せるような気がしていたはずなのに。こんなことを抱え
たまま、まるで後ろ指を指されるように、芸能界を去って行くのはあまりに悔しい。

ふいに涙が出そうになり、友梨香はグッとこらえた。

目を閉じて、無理に眠ろうとした。

しかしいつまで経っても眠気は訪れない。興奮しているためだろう。

何度か溜息をつき、身をよじるように横向きになったとき、傍らから声がした。

「……すまなかったな」

鷹森だった。

友梨香は彼に背を向けたまま、いった。

「ごめんなさい。起こしてしまったみたいですね」

「いいんだ。さっきから目を覚ましてた」

しゃがれた声が返ってきた。

「鎖骨……痛みますか？」

「思ったほどではない。あんたの応急処置が効いたようだ」

「夏実さんから教わったんです」

「さすがに山岳救助隊だけのことはあるな」

「あの人はなんていうか、この山そのもののような気がします」

「この山？」

友梨香は頷く。「他に例えようがないけど」

「いい表現だな」

そういって、鷹森が笑った。

それからすぐに痛みを感じたらしく、声を押し殺してうめいた。

「大丈夫ですか？」

さすがに心配になる。

「大丈夫だ」

鷹森はそう答えた。「肉体の苦痛はいずれなくなるものだ。心の痛みは別だがね」

そんなことをいわれて、友梨香は驚いた。

自分のことかと思ったのだ。

しかしいかに小説家とはいえ、他人の心の中を覗けるはずもない。

「さっきは恥ずかしいところを見られてしまった」

「はい？」

しばし間を置いて、鷹森がいった。

「人前で泣くとはな」

頂上でのことだと気づいた。

鷹森の眦から流れていた涙を思い出した。

「正直、ちょっとびっくりしました」

「本当はな。しょっちゅうなんだ」

鷹森はフッと笑った。「女々《めめ》しいなんて言葉があるだろう？　私にぴったりだ」

「私も、よく泣いてます。とくに、ひとりになったときなんか」

「アイドルというのは、周りにもてはやされて、いつだって有頂天になってるものだとばかり思ってたが」

「そんなことないです。悩みばっかりです」

鷹森はしばし黙っていた。

沈黙が長いので、友梨香は少し心配になった。

「鷹森さん……？」

「私の作品は古い、といわれた」

唐突につぶやかれて友梨香は驚く。

「え」

「今の時代にそぐわないと、な。だから、ちっとも売れないんだそうだ」

「もしかして……あの、兼田さんという編集の方に、ですか」

「彼じゃない。別の出版社だ。それもひとつやふたつじゃない」

「だから、悲しまれていたんですか」

「他人になんといわれようがかまわん。そっぽを向いて気づかんふりをしていりゃ、それで良かった。だが、やはり悲しいのだ。わかっていても、どうしようもないのだ」

「そうなんですか」

「筆を折ることを何度も考えた」

「筆を……？」

「断筆という奴だ」

「……つまり、作家業を引退されるってこと？」

「思い切ってやめることにした。もっとも、誰も悲しまんだろうが」

「たとえば、小説のスタイルを今風に変えたりとか、そんなことはできないんですか」

「作家にとって、作品はその人の生き方だ。いや、人生そのものなのだ。あんたらだってそうだろう？　明日から演歌の歌手になれなどといわれて、すんなりハイといえるかね」

「……無理です」

「つまり、プロというのはそういうものなのだ」

友梨香はしばし考えた。

「実は、私もなんです」

思い切って口にしてみた。「少し前から、お休みをいただこうと思ってました」

「そうか」

「デビューしたての頃は夢中でした。でも、続けているうちに、だんだんといろんなことが見えてきて、悩みがどんどん大きくなってしまいました。その重圧に耐えきれなくなってきたんです」

「察するに、あんたは知的な娘さんのようだ。アイドルというのは……失礼だが、みんな頭の中が空っぽなのかと思っていた」

「頭の中が空っぽなふりをしなければならないから」

「なぜかね」

「よけいなことを考えるな。よけいな発言をするな。ただ、かっこ良く歌って踊って演奏していればいい。事務所からいつもそういわれてます」

「たしかに、あんたには居づらそうな世界だな」

「一度、思い切って立ち止まって、この世界から離れてみようと思ったんです。でも、どうしても迷いがあったから、夏実さんに相談してみたくて……だから、この山にまた来たんです」

「それで、結論は出たのか」

しばし考えた。

「まだ、みたいですね。鷹森さんは？」

「こちらも決心がつかん」

「おやめになったりしたら、熱心な読者の方々が残念に思われるんじゃ？」

「何も私ひとりが本を出さなくても、世の中には掃いて捨てるほど小説家がいる。あんたこそ、熱心なファンが寂しがるんじゃないか？」

友梨香は肩を持ち上げ、クスッと笑った。

「世の中には掃いて捨てるほど歌手がいますし」

「なるほど。そうだな」

ふたりで笑い合った。


そのとき、ツェルトの外で犬の声がした。

友梨香はハッと起き上がり、ふたりぶんの呼気で冷たく湿ったナイロン生地に、まともに顔を密着させてしまった。気にならなかった。無我夢中だったからだ。

「まさか……メイちゃん？」

また犬が吼えた。激しく何度も。

続いて、金属類を打ち付けるような、乾いた複数の音が聞こえた。

夢中で這ってジッパーを開き、外に出てみた。

冷たい夜の空気の中、遠くから照らされるヘッドランプの明かりがふたつ。いや、三つ。

揺れながら尾根のほうから下りてくる。

岩肌に這うように、太いザイルが波打っているのが見えた。

騒々しい金属音は、彼らの腰のハーネスにたくさんかけられたカラビナ同士が触れ合う音だった。

メイの吼える声はずいぶん上のほうから聞こえた。

きっと尾根で待っているのだろう。

──友梨香さん！

間近で夏実の声がした。

ヘッドランプのまばゆい光条が飛んでくる。

「ここです！」

友梨香は片手で目を覆いながら叫んだ。

14

東の空に小さく、県警ヘリ〈はやて〉の機影が見えている。

午前八時を回った時刻である。

北岳山荘の南側にある高台──ヘリポートとなっている場所に、友梨香が立っていた。隣には鷹森がいる。登山シャツの上から三角巾がたすき掛けに巻かれ、左腕を吊られている。

ふたりの傍に夏実とメイの姿があった。

昨夜、夏実たち救助隊によって、ふたりは北岳山荘に搬送された。

山小屋に隣接する北岳診療所で、鷹森とともに治療を受けた。

友梨香は切り傷などの軽傷で、右手に包帯を巻いただけだったが、鷹森は鎖骨骨折と診断され、全身の打撲もあった。その場で応急処置はなされたが、何しろ衰弱が激しく、おまけに強度の近視なのに眼鏡をなくし、自力下山は難しく危険と判断され、翌朝にヘリ搬送となった。

救助隊は夜のうちに御池の警備派出所に引き返したが、夏実とメイは北岳山荘に残ってふたりに付き添ってくれたのだった。

ヘリが接近してくるにつれ、爆音が次第に大きくなってくる。

夏実はメイを停座させ、小型のトランシーバーを使って、ヘリと交信している。

その姿は惚《ほ》れ惚《ぼ》れするほどかっこ良かった。

交信を終えると、夏実はトランシーバーを持ったまま、友梨香たちに向き直った。

「鷹森さん。また元気になって北岳に登ってきてくださいね」

夏実が明るい声でいった。

「それまで、山は待っていてくれるかな」

鷹森はかすかに眉根を寄せ、次第に近づいてくるヘリを見ている。

「もちろんです。山は決してなくなったりしないし、いつだってここにあります」

ふいに鷹森はニッと笑った。

遠くを見たまま、こういった。

「また、来るよ。もっとも……次は直木賞を獲ってからになるがな」

友梨香は驚いた。

「だけど、ゆうべはたしか断筆されるって……」

すると彼は不貞不貞《ふてぶて》しい顔になって、口をひん曲げた。

「はて。そんなこと、いったかな」

友梨香は肩をすくめ、小さく噴き出した。

ヘリがさらに接近してきた。

爆音が高まり、全員が会話できないほどになった。

ひとたび頭上を通り過ぎて、少し先でUターンをしてから、〈はやて〉はゆっくりとアプローチしてきた。空中で機体を安定させながら、次第に地上との距離を詰めてくる。メインローターから吹き下ろすダウンウォッシュの風が土埃を巻き上げ、友梨香は思わず口を引き結び、片手で目をかばった。

ヘリは胴体下部のスキッドを接地させ、同時に側面のスライドドアが開かれた。

ヘルメットをかぶった県警航空隊員が手を振り、なじみらしい夏実が振り返してから、鷹森をサポートし、機体に向かって歩き出した。

友梨香も少し遅れてついていく。

隊員たちに助けられながら、鷹森が機内のキャビンに収容された。

座席に座らされ、シートベルトをかけられた姿で、ゆっくりとこちらを振り向いた。

友梨香は手を上げた。

鷹森と視線が合った。彼が黙って頷いたのが見えた。

——ご苦労様です。よろしくお願いします！

夏実が爆音に負けない大声でいい、機内の隊員たちがまた手を上げた。

スライドドアが閉じられ、同時にヘリが舞い上がっていく。

夏実がいっそう激しく手を振り、傍らのメイが甲高《かんだか》い声で吼えた。

いったん高空へ上昇したヘリは、大きくカーブを描きながら北側に見える北岳頂稜の傍を通り、そのまま東へと飛び去っていく。エンジンの爆音とブレードスラップ音がだんだんと小さくなっていった。

ローターが巻き上げた土煙の残滓がいつしか消え、山の清浄な空気が戻ってきた。

友梨香は思い切り深呼吸をし、静かに息を吐いた。

どこまでも抜けるように青く、澄み切った空。

その空を突き上げている北岳の荒々しい勇姿。

優しく吹き抜ける清涼な山の風。

友梨香は見上げていた視線を下ろし、すぐ傍に立っている夏実とメイを見つめた。

「今回もまた、夏実さんたちに助けてもらいましたね」

「仕事ですから」

夏実が微笑む。

そんな彼女を、相棒のメイが嬉しそうに舌を垂らしながら見上げている。夏実も視線に気づいたのか、メイを見下ろして微笑んだ。

「これから下山ですね」

いわれて頷いた。

「あっちに戻ったら、また大騒ぎになりそう」

「大丈夫ですよ。私たち警察官には秘匿義務がありますから」

「そういっていただけると本当にありがたいです」

「でも、鷹森さんが黙っててくれるといいんだけど?」

友梨香は笑った。

「あの人は自分からそんなことをいわないと思います」

「どうしてですか」

「分かるんです。そうね……あの人、どこか私に似てるような気がするから」

夏実が小首をかしげ、驚いた顔になる。「それって、なんか凄く意外なんですけど？」

友梨香は恥ずかしくなって笑ったが、ふいに真顔に戻った。

「私も決めました。休業するつもりだったけど、やっぱりそれ、全面撤回します」

「え」

驚く夏実に、こういった。

「もう少し頑張れ。きっとやれる……この山が、そういってくれた気がするんです」

夏実の顔がパッと明るくなった。

「だったら、間違いないです」

友梨香は夏実に歩み寄り、彼女の前に立った。

きれいな瞳を見つめて、こういった。

「生きていてくれてありがとう。あのとき、あなたにそういわれたことが、今の私にとっての心の支えだし、何よりも大事な宝物なんです」

夏実が大きな目で見返してきた。

その瞳がかすかに潤んでいた。

「これからもよろしく。夏実さん」

「友梨香さんも」

夏実が片手を出してきた。

友梨香はもちろん、その手を取って、強く握り返した。

孤高の果て

1

「あんたらが息子を殺したんだ」

だしぬけに投げられた言葉に、神崎静奈《かんざきせいな》は驚いた。

ストレッチャーに横たえられた若者の遺体の向こうに、亡くなった若者の父親が立っていた。開襟シャツの胸が厚く、レスラーのような体型の中年男性で、頭はスキンヘッドに剃《そ》り上げてあった。

亡くなったのは中砂雅斗《なかさごまさと》。都内在住の大学二年生だった。

父親の名は中砂和俊《かずとし》である。

「もっと早く見つけてくれたら、雅斗は生きていられたのに」

中砂は救助隊員たちと目を合わせず、俯《うつむ》いたまま、そういった。

静奈は眉根を寄せ、口を引き結んだ。

「最初に現場に駆けつけたのは誰だ」

中砂に訊《き》かれ、少し躊躇《ちゅうちょ》したが、静奈は答えた。

「関真輝雄《せきまきお》という隊員です。医師資格を持っているため、本人が雅斗さんの死亡認定をいたしました」

「その隊員は、どうしてここにいない？」

青ざめた顔で息子の遺体を凝視しながら、中砂は押し殺したような声でいった。

「関くんは事故現場から白根御池《しらねおいけ》の警備派出所までの搬送担当でした。そこからは別班となり、私たちがここまでご遺体を下ろしてきました」

「見つけたとき、息子には、まだ体温があったというじゃないか」

彼は険しい表情を固めながらいった。「どうして発見が遅れたんだ。あんたたちの判断ミスじゃないのか」

理不尽とは思ったが、静奈はそのことに関して言及しない。

「現場の判断は、個々の隊員がケース・バイ・ケースでやってます。常に最適な捜索活動ができるとはいいませんが……」

「責任を取っていただきたい」

「責任……」

静奈は言葉を失った。

ふと、目の前に立つハコ長こと江草恭男《えぐさやすお》隊長と視線が合った。

何もいうな――彼の目がそういっていた。

静奈は唇を強く噛《か》みしめた。

吹きすさぶ嵐の中、同僚の隊員らとともに寝袋にくるんだ遺体を、数時間かけて搬送しながら下山し、身も心も消耗しきっていた。明日の天候回復を待ってヘリ搬送という選択肢もあったが、一刻も早く遺体を両親の元に届けようと、かなりの強行軍となりつつも、北岳《きただけ》の登山口である広河原《ひろがわら》のインフォメーションセンターまで運んできたのである。

亡くなった中砂雅斗は単独行だった。

七月一日。一昨日から北岳に入山し、昨日の午後に下山予定の計画だったらしい。

しかしこの日、北岳一帯は予報になかった悪天候に見舞われていた。

予定日の夜遅くになっても下山の連絡がなかったことで、父の和俊が自宅から山梨県警に救助要請。翌朝いちばんに父親は車でやってきて、ここインフォメーションセンターに詰めていた。

捜索は救助隊員八名および救助犬三頭であたり、横殴りの雨の中、北岳頂稜《ちょうりょう》を中心としたふたつのルート、広範囲のエリアを探した。

本人の発見は、捜索開始から十三時間後。場所は小太郎山《こたろうやま》へ至る支尾根の途中だった。本来の登山ルートではなく、おそらく悪天候とガスで視界を妨げられ、誤ってそちらに踏み込んでしまったのだろう。

当初は発見の一報に両親とも喜んでいたが、じきに心肺停止状態と判明し、悲報がもたらされた。

死因は長時間、雨風にさらされたことによる低体温症によるものと思われた。

ビバーク用のツェルトは所持しておらず、横殴りの雨に長時間さらされたためか、レインウェアの下の衣類はすっかりずぶ濡れになっていた。

遭難の原因は、むろん救助隊にあるはずがない。発見が遅れたのは、たまたまいくつかの要因が重なってしまったためといえる。誰に責任があるというものでもない。

しかし父親の言葉は心身に応えた。

——あんたらが息子を殺したんだ。

いいわけは口にできなかった。

というか、今さら何をいっても火に油を注ぐだけだということは、静奈自身にもわかっている。周囲の隊員たちも、黙って険しい顔をしているだけだった。

遺体を引き取る家族などから、酷な言葉を投げられたのは、もちろんこれが初めてではない。中にはもっと手厳しいことをいってくる人間もいた。

耐えることも仕事のうちだ。

ハコ長がよくいっている言葉を思い出し、静奈は自分を抑えた。

広河原まで入ってきた救急車に遺体が搬入され、父親も同伴して去って行った。

夕暮れの林道に赤い尾灯が遠ざかっていくのを、隊員たちは沈黙のまま、雨に打たれ、じっと立って見送っていた。

荒天の中、標高三千メートル近い場所からひとりの人間を下ろした疲労が、鉛のように体に残っていたが、それよりも父親の言葉が心に重たかった。

ふいに肩を叩《たた》かれ、静奈は振り向いた。

ハコ長が笑みを浮かべ、いった。

「お疲れ様でした。山に帰ったら、みなさんで本日の〝反省会〟をやりましょうか」

静奈は頷《うなず》いた。

そのひと言で、少しばかり胸のつかえが取れた気がした。

2

そのホテルは甲府《こうふ》市内といっても、少し離れた郊外にあった。

披露宴の会場となっている〈白鷺《しらさぎ》の間〉は六階だった。大広間の入口に〈関　西村《にしむら》ご両家様　ご披露宴会場〉と立て看板があった。

だだっ広いフロアには、円形のテーブルがいくつも並び、豪華な料理を前にして、招待客たちがそこについている。

関真輝雄と旧姓・西村泉美《いずみ》——新郎新婦のふたりが少し緊張した顔で正面テーブルに並び、スーツ姿の男性が祝辞のスピーチをしているところだった。

司会役は山岳救助隊の同僚である曾我野誠《そがのまこと》である。

白いスーツに赤い蝶《ちょう》ネクタイと、新郎新婦よりも派手なファッションで目立っている。

あわただしい足音がして、テーブルについていた神崎静奈が振り返った。

フロア入口にドレス姿の星野夏実《ほしのなつみ》が立っている。

「夏実。こっち！」

静奈が手を上げた。

ちょうどスピーチが終わり、満場の拍手が沸《わ》き起こっていた。

急ぎ足でやってきた夏実が、静奈の隣に空いていた椅子に腰を下ろした。

「ごめんなさい。ホテルの場所がなかなかわからなくて」

「もう。相変わらず方向音痴なんだから」

静奈は困った顔で笑う。

山では誰よりも空間感覚が鋭い夏実も、麓《ふもと》の都市部では、からっきし土地鑑《とちかん》が悪くなるのが不思議だ。

夏実は乱れたスカートを整え、ハンカチで汗を拭《ふ》き、コンパクトを取り出してメイクを少し整えた。八月の猛暑の甲府市街を早足で歩いてきたためだろう。

「ハコ長。遅れてすみませんでした」

真正面に座る江草恭男隊長に、夏実は遅刻を詫《わ》びた。

「まあ、ビールでも飲んで落ち着いたら？」

彼は髭面《ひげづら》を歪《ゆが》めて笑い、ねぎらいの言葉をかけてくれた。

同じテーブルにいるのは他に、深町敬仁《ふかまちたかひろ》と進藤諒大《しんどうりょうた》である。

夏山シーズンのさなかに遭難救助のメンバー全員を下山させるわけにはいかないので、杉坂知幸《すぎさかともゆき》副隊長と横森一平《よこもりいっぺい》は北岳の警備派出所に残っている。

さすがにここでは礼服やドレス姿で、いつも見馴れた救助隊の隊員服や警察官の制服とは雰囲気が違う。かくいう静奈も、シックなパーティドレスは二年前、警察学校の同窓生の結婚式以来である。

——では、皆様。大変お待たせいたしました。ここで新郎新婦の前途を祝しまして、乾杯と行きたいと思います。我らがハコ長こと、南アルプス署山岳救助隊の江草恭男隊長。どうぞ！

司会の曾我野に指名され、江草が咳払《せきばら》いをしながらテーブルを立った。

新郎新婦のいるフロア正面、グラス片手にマイクの前に立った。

——ええ、はなはだ僭越《せんえつ》ではございますが、ご指名を頂戴《ちょうだい》しましたので、ここでわたくしが乾杯の音頭を取らせていただきます。それでは皆さま。ご起立の上、ご唱和をお願いいたします。おふたりの末永いお幸せと、ご両家ならびにご列席の皆様のご多幸をお祈りしまして、乾杯！

静奈たちがグラスを掲げて唱和し、乾杯のあとで盛大な拍手となった。

江草隊長がテーブル席に戻ってきて、会食が続いた。

「結婚式なんて何年ぶりですか」

ワインで少し顔を赤らめながら、江草がいう。「何しろ、うちの隊では既婚者が杉坂さんだけで、それももう十年以上前ですからね」

「紅二点の女性隊員を除いて、何しろむくつけき山男ばかりですから、そういうことには縁遠くて……」

かくいうK－9チームリーダーの進藤も、三十半ばにして未婚である。が、あえてその紅二点——すなわち静奈と夏実に話題を振ってこないのは、彼らの思いやりというか、気配りであろう。

静奈が目をやると、夏実は隣に座る深町を見ている。目配せをし合うふたりを見て、静奈が微笑《ほほえ》む。

「それにしても関くんと泉美さん、やっとゴールインだね」

咳払いをし、深町がいった。空になった進藤のグラスにワインボトルを傾けた。

ふたりのなれ初めは隊の中でも有名だ。

西村泉美は二年前の夏、趣味の登山で北岳に来た。そこで遭難したとき、運良くパトロール中だった関たち救助隊が発見した。驚いたことに、関と泉美は高校時代のクラスメートだった。そのとき以来の再会だったという。

ふたりの距離は、そこから自然に近くなっていったらしい。

進藤は深町のボトルからワインを受けると、少し笑った。

「うちは県警でいちばん殉職率が高いという噂《うわさ》の職場だから、さすがに彼女もゴールインを躊躇してたんじゃないか」

進藤がいったのは、もちろん冗談である。

実際、山岳救助隊員が殉死したのは一名。杉坂副隊長の実兄が、救助任務中に雪崩《なだれ》に巻き込まれて命を落としたことがある。それ以来、殉職者は出していない。

「こんにちは。みなさん、ご多忙のところ、今日はありがとうございます」

彼らのテーブルに若い女性がやってきた。

夏実によく似たショートボブのヘアスタイルで、スーツの上着にタイトスカート姿。関の妹、千晶《ちあき》だった。

環境省の職員であり、省の出先機関である野生鳥獣保全管理センター（WLP）八《やつ》ヶ岳《たけ》支所で野生鳥獣保全管理官という職に就いている。たまに野生鳥獣の調査で北岳に来ることもあったため、隊員たちとはすっかり顔なじみである。

「本日はおめでとうございます」

江草が頭を下げた。静奈たちもならった。

「お兄さんは真面目で優しいから、いい旦那さんになりそうですね」

静奈がいうと、千晶が微笑む。

「あれでけっこう抜けたところもあるんですよ。みなさん、ご存じでしょうけど」

「あー、たしかに」

夏実が肩を持ち上げていった。「昨日なんて、朝食当番なのをすっかり忘れて朝寝坊してたし」

「それも三度目」と、静奈がいって、みんなで大笑いする。

「千晶さん、新婦の泉美さんとは仲がいいそうですね」

夏実がいうと、彼女が笑って頷く。

「いっしょにショッピングに行ったり、映画を観たり、です」

「山には登られないんですか？」

深町がそう訊いた。

「私はともかく、泉美さんは二年前の北岳以来、登ってないみたいです」

千晶がいった。「ピアノの塾をやってるので、自宅に子供たちを招いたり、家庭教師みたいに出向いたりで、けっこう忙しそうです。しかも、お兄ちゃんはいつも多忙だから、山に入ったらなかなか下りてこないし……」

「何とか署長にかけあってみましょう。関くんは優秀な隊員だから、きっと特別手当付きで休暇が取れますよ」

江草がいうので、千晶は肩を揺らして笑った。

――さて。宴もたけなわではございますが、ここで恒例の新郎新婦によるケーキカットを行いたいと思います。みなさま、盛大な拍手をもちまして、おふたりの最初の共同作業をお見守りください。

司会の曾我野の流暢《りゅうちょう》な言葉で、関夫妻が立ち上がった。

静奈たちは惜しみない拍手をふたりに送った。

3

数日後、北岳御池にある救助隊警備派出所に大きな問題が持ち上がっていた。

それは山梨県警南アルプス署で受理され、地域課長から回ってきた。甲府地方裁判所から民事裁判の訴状が署に届いたという。

原告は都内在住の中砂瑠璃子《るりこ》。亡くなった雅斗の母親だった。

法定代理人として弁護士の名前が記載されていた。

被告はこのような記名である。

被告　　　　　　　山梨県警察南アルプス警察署
上記代表者署長　　北見浩三《きたみこうぞう》
上記地域課山岳救助隊長　江草恭男
上記地域課山岳救助隊員　関真輝雄

内容は七月一日の北岳における救助活動の過失による死亡事案で、慰謝料は二千五百万円とされていた。

あのとき、「あんたらが息子を殺したんだろ」といっていた父親の姿を思い出し、静奈は胸が重くなった。

「ふざけてますね。だいいち事前の示談交渉もなく、いきなり訴訟ですか」

ハコ長の机を叩いて怒鳴ったのは横森一平だ。

静奈は中砂和俊の姿を思い出した。

スキンヘッドに大柄な男で、どこかヤクザっぽい粗暴さがあった。もしかすると、本当に暴力団員なのかもしれない。しかし救助隊や警察相手に訴訟とは、いくら何でも尋常ではない。

「原告は母親だけの名前ですね。父親と連名じゃないのはどうしてなんでしょう」

「わからん」

杉坂副隊長が腕組みをした。「しかし署長や隊長はともかく、どうして関くんの名前が被告に？」

あの日、いのいちばんで現場に駆けつけたのは、たしかに関だった。理由といえば、それぐらいしか思い当たらない。

静奈のすぐ近く、関真輝雄は無言で立っていた。

表情は険しく、顔色も冴えない。それを見て静奈は我がことのように胸が痛んだ。

「ともあれ、あれこれ考えても仕方のないことですから。ひとまず、私のほうで課長と相談してみます」

江草は険しい顔で訴状のコピーから目を離し、そういった。「とにかく関さんは、本件に関して何も心配されなくてもいいです」

「ハコ長」

関が眉根を寄せ、いった。「あの事案に関してですが、あらためて私なりに検証してみたいと思います」

「それは……かまいませんが？」

「関くん。大丈夫？」

静奈が声をかけた。

関は笑い、頷いただけだった。


御池の警備派出所を出て、草すべりのコースをたどる。

尾根まで約五百メートルの急登をジグザグに折れながら登り続け、森を抜けると、じきに森林限界に達した。シカよけの柵が立ててあり、その向こう側にシナノキンバイやミヤマキンポウゲの黄色い花々が咲き乱れている。

急登を踏みながら、ずっと考えていた。

こうして事故を振り返ることで、自分はいったい何をしたいのか。

息子が亡くなった責任は関たち救助隊員にあると、あの父親はいった。たんにその言葉を否定し、覆したいのか。要救助者の死の責任が自分にないことを、あらためて立証したいために、自分はあの現場に向かっているのか。

わからなかった。

とにかくじっとしていられず、足で行動したかった。

すれ違う登山者たちと挨拶《あいさつ》を交わしながら、やがて小太郎尾根の稜線に到達した。

空は夜明け前からよく晴れていた。ちぎれ雲がいくつか、ゆっくりと流れていく。それに逆行するように、旅客機の白い機体が芥子粒《けしつぶ》のように小さく、ゆっくりと移動している。飛行機雲を引いていないから、高気圧が居座っているようだ。

砂礫《されき》の中に道標が立っている。〈小太郎尾根分岐点〉と記され、三方向に案内板がある。山頂に向かう方角と、御池方面に下山する方角。もうひとつは小太郎山への稜線をたどる、片道三十分のルート。ここはメインの縦走路から外れていて、北岳登山をする人間はほとんど無視する。山梨百名山のひとつということで、ごくまれに分岐点にザックをデポ（残置）して、行き帰りする者がいるが、小太郎山から別方向に下りる道もないため、単調な往復路となっている。

あの日、中砂雅斗は雨の中を下山していた。

風は稜線の南側から、台風並みの風速で、横殴りの雨はまるで石礫《いしつぶて》のようだった。

雅斗は前日に入山、標高三千メートルの肩の小屋でテント泊をしていたが、夜半から猛烈な雨風となって、やむなく小屋に避難し、素泊まりで一夜を明かした。

管理人やスタッフはしばらく小屋で停滞したほうがいいとアドバイスしたが、どうしてもその日のうちに登頂し、その足で下山して帰らなければならないと、制止を振り切って強引に雨の中を出発した。

それきり、雅斗は音信を絶った。

夜になっても帰宅しない息子を心配し、何度も携帯に電話をしたがつながらず、父親の和俊は山梨県警に遭難救助要請をした。南アルプス署から御池の警備派出所に連絡が入り、夜中にもかかわらず、救助隊員たちが出動した。

失踪《しっそう》当日、雨の中を山頂に向かったことは、小屋のスタッフの証言で明らかになった。そこからの消息がまったくわからない。肩の小屋から小太郎尾根方面に引き返したのか、あるいは反対側の大樺沢《おおかんばざわ》ルートを伝って下山を試みたのか。何しろ激しい降雨のせいで救助犬の鼻も頼りにならず、隊員たちは二手に分かれて捜索し続けた。

途中で何度も風が強くなり、ときとして立っていられないほどになったため、そのたびに彼らは救助活動を中断し、岩陰などにビバークを余儀なくされた。とりわけ大樺沢はかなりの増水となり、二カ所の渡渉《としょう》地点は通行不可能だったため、捜索は三カ所の主尾根を中心に続行された。

午前一時過ぎまで、ヘッドランプを頼りに捜したが見つからず、やむなく派出所に撤退。翌朝は夜明け前から活動を開始した。

要救助者発見は午前十一時頃だった。

雨風はまだおさまらず、なおも強くなるばかり。再度の捜索中止かと思っていた矢先、たまたま関隊員が小太郎山に至る稜線をたどっている途中、不自然に岩場が崩れた箇所を見つけた。

ザイルを使って降下すると、岩棚に倒れている要救助者らしき登山者の姿があった。関はすぐに警備派出所に連絡を入れたが、すでに本人は呼吸もなく、鼓動も感じられない。心肺停止。雨に打たれてずぶ濡れになった体だが、衣服の下にはまだ、かすかに体温が残っていた。

彼はひとたび山頂を踏んだのか、あるいは山小屋からそのまま下山を試みたのか。いずれにせよ、麓へ向かう最短ルートを選んだのはたしかだ。しかし悪天候が彼の下山を阻《はば》んでしまった。

この山で救助をするようになって以来、何度か遺体に遭遇してきた。これはかりは馴れるものではない。悲しみとともに独特の心の重さがこみあげる。ことに今回、亡くなったのはまだ二十代前半の若者だ。それがここで将来を絶たれてしまった。

心肺停止や瞳孔反応がないことなどを見て、関は死亡診断をした。時間は午前十一時十二分。

御池の警備派出所に無線連絡を送り、他の救助隊員たちの到着を待った。

吹きすさぶ風と、容赦なく体を叩く大粒の雨に打たれながら、関はその場に座り込み、俯きながら、心を閉ざしていた。

それはあまりにつらく、長い時間だった。


分岐点の道標の前に、しばしたたずんでいた。

真北に向かって伸びる尾根の先、小太郎山方面を見ながら、長い時間、心を過去に飛ばしていた。

いくら過去を振り返っても問題の解決にはならないが、見落としていたこと、忘れていたことを確認できるかもしれない。そのためには、あえて視点を変えてみることだ。

愛する息子を失った父親が、救助の人間を恨む気持ちはわからないでもない。

悲しみで心をむしばまれているがゆえ、何かに当たらずにいられなかったのだろう。

たまたま手近なところに関たちがいたのかもしれない。

よかれと思ってやってきたことが、他人の逆恨みを買ってしまう。

山岳救助活動は関たちの仕事であり、任務である。だから、暴風雨の中でも否応なしにかり出され、自らの命を惜しまず人命救助に全力を注ぐ。その結果が、こういうかたちで負の評価をされ、悪意をぶつけられてしまうことへの理不尽さとつらさ。

しかしながら、本当に彼の死に関して自分たちの過失責任はなかっただろうか。それを確証せずにいられない。

だから、ひとりでここに来たのだ。

もしも要救助者がこの分岐点で迷わなかったら。

あるいは、もしも彼がこの支尾根に迷い込んだことに、自分たちがもっと早く気づいていたら――。

「たられば」の論理に意味はないといわれるが、事案の再検証にはやはり必要なことだった。それを元に真相を探り、次の事故に際しては、より効率的な捜索活動ができるようにするべきだろう。

山にベテランはいないというのはハコ長の口癖だったが、救助活動に関しても同じことで、百点満点というのはあり得ない。しかし、そこに近づけていく努力は惜しむべきものではない。

目の前の尾根筋。

あの豪雨と颪の日、この下り坂を単独でたどっていった要救助者のことを、関は考えた。彼の気持ちになって、その行動を熟考していた。

吹きすさぶ雨と強風。その中をたった独り、下界から孤絶した山にいる。

さぞかし不安だっただろう。小屋のスタッフの制止を無視して歩き出したことを後悔していたかもしれない。ほとんど視界も効かず、ガスにまかれて道を見失った焦りと恐怖。ハイマツの藪《やぶ》で不明瞭《ふめいりょう》なトレイル。

そしてついに雨に濡れた岩場で足を滑らせてしまった――。

突然、ザックの中でスマートフォンの呼び出し音が鳴り始めた。

関はザックを下ろし、スマホを引っ張り出した。

液晶画面には「泉美」と、妻の名が表示されていた。

スマホを耳に当てた。

「もしもし……」

――勤務中？

「うん。だけど、大丈夫。どうした？」

——今朝、ちょっと変な電話があって、気になってたから。

「どんな電話？」

——ずっと無言なの。テレビの音みたいなのが聞こえていたけど、相手の声がまったく聞こえなかった。

関はスマホを持ったまま、あっけにとられてしまった。

「それで？」

——そのうちに切れたわ。それっきりかかってこないけど、何だか気味悪くて……。

「ナンバー・ディスプレイは？」

——非表示だった。

「他に何か変わったこととかない？」

——ないけど……もしかして、真輝雄さんに何か心当たりでもあるの？

「心当たりというか、ちょっといやな出来事があってね」

訴訟を起こした中砂夫妻の話をした。

——迷惑な話ね。

「迷惑、か。たしかにそうだけど、これも仕事のうちだと思ってるから。その無言電話とは無関係だと思うけど……」

――そうね。たんなる悪戯《いたずら》だと思う。

「とにかく、相手の番号がわかる電話しか受けないことだ」

――うん。そうする。

「また変なことがあったら、すぐに連絡してくれ。いつでもかまわないから」

――ありがとう。

通話を切った。

式を挙げてからすぐ、五日間の休暇をもらっていたので、パックツアーでサイパンに新婚旅行にいった。戻ってくるなり、すぐに山の勤務になり、それからずっと妻とは会っていない。

南アルプス市内の自宅にひとりきりで残している彼女のことを考えた。

無言電話なんて今どき珍しくはないだろうが、やはり不快であることに変わりはない。

問題は相手が何者で、何の目的だったかだ。

たんなる悪戯だったら、適当にプッシュした電話番号の相手に、たまたま泉美が出てしまったのかもしれない。しかし、そうでないとしたら？　万が一、何かの悪意があったとしたら。

悪い想像ばかりが脳裡《のうり》をめぐってしまう。

豪雨に打たれて横たわっていた中砂雅斗の姿。

それを思い描いていた関は、ふと気づいた。拳を握りしめていたおかげで、掌《てのひら》に爪の痕が残っていた。

4

その日、夕刻近くになって、江草隊長が白根御池の警備派出所に戻ってきた。

すぐに全員が待機室に集められた。

大きなテーブルを囲んで座る静奈たち救助隊員の前で、江草は神妙な顔で座っていた。

おもむろに彼は話し始めた。

今回の一件について南アルプス署で署長、課長を交えて話し合いをし、けっきょく県警に出向き、本部長まで巻き込んで会議をしてきたという。

結論としては、どういう事情であれ、市民からの訴えは真摯《しんし》に受け止め、なるべく穏便にすませるしかないだろうということ。また、可能な限り示談で解決するため、先方の提示する条件を受け入れるということになった。

だいたいが予想していたとおりだった。

静奈の隣で、関が虚ろな目で下を向いている。その姿を見るといたたまれなくなる。

「三日後の午後、中砂氏の代理人である弁護士との接見があるため、私はまた南アルプス署に出向く予定でおります。さいわい署長や本部長からは本件に関しての理解は得られており、ねぎらいの言葉もいただいております。また、関さんにおかれましても、事故の際の過失はなかったと信じております。他の隊員のみなさんも、今まで通り通常任務に専従していただきたく思います」

待機室の大きなテーブルに隊員たちを集め、江草隊長はそう説明した。

しかし彼らにいつもの威勢の良さはなく、重苦しい空気が停滞しているようだった。

江草は軽く咳払いをして、いった。

「みなさんの思いはじゅうぶんに理解しているつもりです。が、われわれはあくまでも公僕です。そのことをくれぐれも心にとめておいてください」

江草はゆっくりと席を立ち、派出所の外へひとり出て行った。

表の扉が閉まると、誰かがふうっと息を洩《も》らした。

夏実だった。納得がいかないという表情で、顔をしかめたまま腕組みをしている。

「私たち、いつも体を張って命がけで登山者の救助活動をしてる。それが、こんなことってありなんですか？　いくら何でも報《むく》われない」

彼女の言葉に、誰も反応できずにいた。

「でも……俺たちは、誰かに褒《ほ》めてもらいたくてやってるわけじゃないんだ」

隣で進藤諒大がぽつりといった。その顔は翳《かげ》りを帯び、いかにもつらそうだった。

「わかってるわよ。それが仕事だもの」

静奈がいい、またフッと吐息を投げる。

「SNSじゃ、けっこうわれわれに同情票が集まってますよ」

曾我野がタブレットを立てて見せた。

今回の一件に関して、すでにネットユーザーの間では知られているらしく、掲示板などにいくつかスレッドが立っているようだ。静奈もすでにそれらを見ていた。

不可抗力で亡くなった登山者の遺族が救助隊を訴えるのは理不尽だ。そんな意見がたしかに多かった。中には、山で遭難するのは個人の勝手な行動ゆえ、救助隊に罪を押しつけるのは身勝手だという声もあった。

極端な意見は枚挙《まいきょ》にいとまがないほどあったが、もちろん救助隊側の不手際だという主張も少なからずある。多くがにわかに知識を持っている人間のようで、遭難事案の分析と救助の仕方について、もっともらしい書き込みをしていたりする。

自己責任――そんな言葉が勝手に独り歩きしているように思える。

「だけどな。ネットの声をいちいち気にしていても始まらないし、今回のことはハコ長に任せて、俺たちは任務に専念すればいいということだ」

杉坂副隊長がそういって、隊員たちの話題はそこで終わった。

彼らはテーブルから椅子を引いて立ち上がり、ひとりずつ待機室から出て行く。

静奈も気晴らしに外へ出ようと、表の出入口に向かったが、ふと足を止めて振り返った。関がひとり、ぽつねんとテーブルに向かって座っていた。

何か声をかけてやらねばと思ったが、言葉が思いつかない。

ふいに顔を上げた関と目が合った。

「ひとりで抱え込んじゃダメよ。関くん」

そういうと、彼は黙って頷いてきた。


派出所の外に出ると、江草隊長の姿が見えた。

御池小屋の前にある外テーブルのひとつに座り、足を組んでいる。いつものように素足にサンダル履きである。ちょうど登山者たちが小屋から出払った時間で、周囲に他の人間はいなかった。

静奈はゆっくりと歩み寄り、彼の近くに立った。

「ちょっといいですか?」

江草が頷いた。

「関くんにしばし休暇を取ってもらうのはどうでしょうか」向かいの椅子に座りながら静奈がいった。「今回の一件でかなり応えているようですし、シーズン始まって以来、激務が続いて、夜間出動も何度かありましたから」

江草は目を細めて遠くを見ている。

「実は、私のほうからも進言したのですが、本人に断られましてね」

「そうでしたか……」

「山にいたほうが気がまぎれるというのです」

関のそんな気持ちが静奈には痛いほどわかった。

ふだんからさほどおしゃべりでなく、むしろ寡黙なタイプの隊員であるが、そのおとなしさに拍車がかかり、今朝からほとんど周囲との会話もなかった。そんな関を見ていて、何とか力になりたいと思う。それは江草隊長も同じだったようだ。

「向こうの親御さんを何とか説得できないでしょうか」

「弁護士を立てられた以上、こちらから直接、何かをいえる立場でもないですし、われわれとしても、やれることはないと思います」

「遺族の方からつらいいわれ方をするのは、何もこれが初めてのことじゃないけど、ここまでされると、さすがに――」

「ひとり息子だったそうです。それを山で亡くされて、悲憤をぶつける相手が他にいなかったのでしょうね。たまたま矛先がわれわれに向いたということだと思います」

「それにしても関くん、幸せな結婚をしたばかりだというのに……」

口を引き結び、眉根を寄せた静奈である。

江草隊長はフッと笑みを浮かべ、そっと彼女の肩を叩いた。

「いつかそのうち、みんなで笑いながら振り返る日が来ると思いますよ。関さんもちろんね」

「そう願ってます」

江草が頷き、ふいにこういった。

「ところで……コーヒーでも淹《い》れましょうか」

「いいですね」

静奈は破顔した。「ハコ長自慢のブレンド、久しぶりにいただきたいです」

ふたりは立ち上がり、派出所へと歩き出した。

5

関真輝雄はその日も草すべりの急登をたどり、小太郎尾根の分岐点に立っていた。足下に荷物を下ろし、北に連なる尾根のずっと先、小太郎山の方角をじっと見つめている。夏空が青く澄み切っていて、中天にかかった太陽が真夏の光を投げかけている。

すぐ近くのハイマツの繁みが揺れて、大きな鳥が羽音とともに飛び立った。黒味のある褐色に白い点が無数にちりばめられている。

ホシガラスだった。

翼を大きく広げ、関の目の前を滑空したかと思うと、少し離れたハイマツ帯の中から突き出した岩の上に停まり、濁声《だみごえ》でひと声啼《な》いた。

その名の通り、ホシガラスはカラスの亜種である。

高山にのみ棲息《せいそく》し、ふだんはハイマツの実などを食べているが、雑食性で動物の死《し》骸《がい》などをついばむこともある。ごくまれに、遭難者の遺体すらも――。

関はあえて目を離した。

ここに来たって仕方ないのに、つい気になって足を運んでしまう。事故を自分なりに検証して、自分に瑕疵《かし》がないかを考える。できる限りのことはやった。それはわかっている。だからといって責任はいっさいないとはいいきれない。心の底から要救助者を生還させたかった。無事な姿で家族のもとへ帰してあげたかった。それができなかった悔しさと悲しさが、鉛のように心に残っている。

だからじっとしていられないのである。

――こんにちはッ！

背後から声がして、関は振り向いた。

半ズボンにローカットシューズ。小ぶりのザックを背負った若い登山者の男性がひとり立っていた。

スリムなサングラスにワインレッドのキャップをかぶっていた。トレイルランナーかと思ったが、それにしてはザックが三十リットルぐらいの大きさだ。最近、よく見かけるウルトラライト・ハイカーだろう。装備を極端に切り詰めて軽くし、縦走をする新世代の登山者である。

「こんにちは」と、関が返し、頭を下げた。

「救助隊の方ですよね」

訊かれて頷いた。

「ネットニュースで見ましたよ。なんかモンスター・ペアレントみたいな人から逆恨みを買ってるみたいですけど、めげずに頑張ってください。俺、応援してますから」

白い歯を見せて屈託のない笑顔でいった。「じゃ、これで」

「ありがとうございます。お気をつけて」

頂上方面に向かって足早に歩いて行く彼を、関は見送った。

警備派出所から草すべりをたどる途中、何人かの登山者とすれ違ったが、互いの挨拶と短い会話の中で、二度ばかり同じようなことをいわれた。そのたびに笑って礼を述べた。思ったよりも多くの人たちが、このことに関心を持ってくれている。

――ひとりで抱え込んじゃダメよ。

神崎静奈にいわれたことを思い出す。

胸のつかえが少しばかり取れているのに気づいた。

地面に置いていたザックを拾い、それを背負った。

もう一度だけ、小太郎山に目を向けてから、関は踵《きびす》を返した。

急ぎ足で、草すべりルートの坂道を降り始めた。

御池の警備派出所に帰ると、出入口から夏実が出てきた。

「関さん。お帰りなさい。吉報です！」

そんなことをいわれ、彼は驚いた。

「どうしたんです」

「いいから！」

夏実はにっこり笑うと、関を手招きした。続いて建物の中に入った。

待機室のテーブルに江草隊長と杉坂副隊長が座り、深町の姿もあった。関が帰ってきたのを見ると、江草が笑みを浮かべていった。

「訴訟が取り下げになりました」

関は驚き、しばしあっけにとられたまま、江草の顔を見つめた。

「ついさっき、甲府地方裁判所から本署に連絡があり、先方の弁護士のほうから手続きがあったとのことでした。こちらが本署から回ってきたファックスです」

そういって江草が席の前に用紙を置いた。

筆頭には「取下書」とあり、原告と被告、それぞれの名が列記してあった。

上記当事者間の令和〇年（イ）第〇〇〇号　北岳遭難救助における過失死亡慰謝料請求事件について、原告は訴えの「全部」を取り下げます

読み込むまでもなく、必要事項だけが簡易に書かれていた。

関はそのファックス用紙をじっと見つめた。

やがて顔を上げ、また江草の顔を見た。目が合ったとたん、隊長が頷いた。

「むろん、これで亡くなった方が浮かばれるわけではありませんが、先方がこちらの事情を理解していただけたのだと受け取っています」

「良かったですね」

夏実がそういった。我がことのように嬉《うれ》しげだ。

「ありがとうございます」

関は頭を下げた。そうしてまた、ファックス用紙に目を戻した。

信じられないというか、狐につままれたような気持ちだった。

派出所二階の自室に入り、しばしベッドの上で仰向けになっていた。

天井板の木目を見ながら考えた。

訴訟の取り下げ。

ホッとしたことはたしかだが、一方で納得できないものもあった。

そもそもなぜあの一件で訴訟ということになったのか。そしてどうしてまた、それが一方的に取り下げられたのか。それらがまったくわからないまま、自分だけが蚊帳《かや》の外に置かれ、ただ振り回されていたように思えた。

いくら考えてみても仕方ないことなのだが、考えずにいられなかった。

スマートフォンの振動音に気づいた。

傍《かたわ》らに置いていたスマホを取った。液晶には妻の名があった。

「もしもし」

耳に当てていった。「どうした？」

――今、電話は大丈夫？　あれからずっと心配してたから。

泉美は少し暗い声だった。

「大丈夫だよ。告訴は取り下げられた」

――え。本当？

驚いたらしく、声のトーンが少し上がっている。

「もちろんだ。もう心配はいらないからね」

――そう……良かった。でも、どうして？

泉美の声には少し途惑いがあった。

「わからない。向こうさんのことだからね。とにかく正直、まいってたよ。けど、これで胸のつかえが取れた」

関は思い出し、いった。「そっちはどう？　また、何か変な電話とかあった？」

――ううん。あれからとくになかった。

「それなら安心だね」

――電話っていえば、昨日、千晶さんからかかってきた。

「千晶から？」

――南アルプス市で調査があるから、途中でうちに立ち寄るって。

「どうせなら、泊まってもらえばいいよ」

――そういったんだけど、どうかなあ。泊まってくれたらうれしいけど。

「いつの話？」

――明後日だって。あなたのところにも連絡が行くと思うよ。

「わかった」

――じゃ。帰りを待ってるね。

通話を終えて、関はホッとした。

無言電話のことはずっと気になっていたが、ようやく安心できた。

頭の後ろで両手を組み、また天井を見つめながら、ぼんやりと考えた。

千晶が久しぶりに南アルプスに来る――。

6

八月の夏空に、真っ白い入道雲が湧き上がっていた。

ＪＲ小海《こうみ》線の甲斐《かい》大泉《おおいずみ》駅から八ヶ岳に向かってまっすぐ登る道路は、八ヶ岳公園線と呼ばれている。その途中、標高一二〇〇メートル付近の高原の風景の中に、青いトタン屋根が目立つ洋風の平屋造りの建物がある。

道路に面した側に小さなオープンデッキが作られ、砂利敷きの駐車スペースにはジムニーやランドクルーザーといった本格的な四駆車が並ぶ。入口には〈八ヶ岳野生鳥獣保全管理センター〉の看板がかかり、傍らに〈WILDLIFE　PATROL　YATSUGATAKE〉の英語が目立っている。

二〇〇八年に制定された野生鳥獣保全管理法に基づき、環境省自然環境事務局の出先機関のひとつ地方環境事務所に置かれた野生鳥獣保全管理センター――ワイルドライフ・パトロール、略してWLP。その八ヶ岳支所であった。

ここで働くスタッフは、ほとんどが野生鳥獣に関する専門分野の技官や職員で、野生鳥獣保全管理官と呼ばれている。

木造りのドアを開き、肩章のついた制服姿の関千晶が出てきた。片手にスマートフォンを持ち、耳に当てながら、外のデッキに立った。

「お兄ちゃん。ごめんね。さっき会議が終わったとこ」

手すりにもたれながら千晶は兄にいった。「留守電、聴いたよ」

――ありがとう。そういうわけで、告訴は取り下げになったようだ。

「良かったね。というか、別にお兄ちゃんが何か悪いことをしたわけでもないのに」

――こっちも立場上、市民感情の矢面《やおもて》に立たされるのは仕方ないと思ってるけど、今回はさすがに理不尽を感じたなあ。

「わかるよ。私もこの仕事に就いてから、鳥獣害がちっとも減らないってあちこちからの突き上げが来るし、逆に愛護団体からは、執拗《しつよう》な抗議とか、あからさまな活動妨害だってあったし、板挟みもいいところよ」

――お互いに因果な商売だな。

冗談をいわれて千晶は笑った。

「ところで、明日からそっちに行くけど？」

――泉美から聞いた。どうせなら泊まっていけよ。

「うん」

――本人も楽しみにしてるから。

「新婚さんなのに長らく家を空けるからよ」

――仕事だし、仕方ないだろ。わかってていっしょになってくれたんだから。ところで、北岳には立ち寄るのか？

「今回の調査管理エリアは広河原を含めた一帯だもん。いやでも挨拶しにいくつもり」

――わかった。じゃ、待ってる。

通話を切って、スマホを腰のホルダーにしまった。

すぐに事務所に戻らず、デッキの手すりにもたれていると、遠くからキジの甲高《かんだか》い啼き声が聞こえてきた。夏草が広がる大地の上を、アサギマダラらしき美しい蝶が舞っている。

八ヶ岳を眺めると、青空の下に雄大な岩峰を突き上げていた。

高原の風が心地よかった。

千晶は野生鳥獣保全管理官となって四年目である。

もともと地方環境事務所でアクティブ・レンジャーとして働いていたが、国家公務員Ⅱ種試験に受かって正式に環境省の職員となり、やがてこの八ヶ岳支所に配属となった。

今はツキノワグマの生態調査チームの専属だ。

クマの生態調査などのフィールドワークがメインとなるが、里に下りてくるクマを罠《わな》で捕獲し、個体調査をしてから発信器付きの首輪を装着して奥山放獣するのも重要な仕事だ。八ヶ岳側にほとんどクマの生息域はないため、活動の場はもっぱら南アルプス側である。隣県である長野に出向することも多い。

事務所に戻ろうとしたとき、道路の反対側に車が停まっているのに気づいた。

灰色のプリウスだった。

ちょうど太陽がウインドウに反射していて、車内は見えない。

二車線の道だが、ハザードランプも点けずに路肩に停車しているため、同じ車線を走ってきた車が迷惑そうに迂回《うかい》しながら走って行く。

八ヶ岳のＷＬＰはテレビなどのメディアで何度か紹介されたため、たまに好奇の対象となることがある。この辺は観光地であるゆえ、たまたま支所の前を通る観光客たちが建物の写真を撮っていくこともあった。

「関さん。明日の打ち合わせをしないか」

事務所のドアが開き、管理官の新海繁之《しんかいしげゆき》が顔を出した。

ＷＬＰでも古株の技官であり、ベアドッグのハンドラーのひとりでもある。明日の南アルプス市への出張は、彼とペアを組むことになっている。さらに新海の相棒であるベアドッグも同行する。

「わかりました」

踵を返そうとし、ふとまたあの車を見てしまう。

相変わらず車中は見えないが、ドライバーと目が合ったような気がして、ふいに緊張してしまった。

「どうしたの」

新海が隣にやってきた。仕方なく小さく顎《あご》を振って車を差した。

「さっきから、ずっとあそこに停まってるんです」

「観光客だろ」

「でも、明らかに通行妨害になってるし、ちょっと……迷惑かなって」

しばし見ていた新海は、こういった。

「たしかにね」

彼がデッキのステップを踏んで下りたとたん、プリウスがゆっくりと走り出した。

次第に加速しながら、韮崎《にらさき》方面へと坂道を下っていく。

千晶は目をこらし、ナンバーを確認した。〈練馬〉という文字が読めた。

都内からならば、たしかに観光客かもしれない。

新海は彼女のいるデッキに戻ってきた。

「あっさり行っちゃったよ。ま、気にしないことだ」

そういって事務所に戻った。

千晶も続いて入りながら、今一度、振り向いた。

何だか、気味が悪かった。

さっきの車から、視線を感じていたことを思い出したのだ。

7

阿佐《あさ》ヶ谷《や》署の正面入口から入ろうとしたとき、ちょうど中から出てきた大柄なスキンヘッドの男とぶつかりそうになった。

大柴哲孝《おおしばてつたか》はあわてて避けたが、相手はそのまますれ違い、無言で外に出て行った。

あっけにとられた大柴は、肩越しに振り返っていた。

「中砂さんにはまいりますね」

後ろにいる相棒の真鍋裕之《まなべひろゆき》がいった。

大柴はしばし足を止めていた。

「ほっとけ」

そういって、また歩き出す。

中砂和俊警部補は、刑事組織犯罪対策課の組対係でも古参になる。俗にマル暴と呼ばれ、反社会的勢力を担当する班員で、肩幅が広く胸の厚みもある体軀《たいく》に、髪の毛を剃り上げた小さな頭が乗っている。見た目がいかにもヤクザっぽいし、数々の暴力団員や、最近では半グレ集団を向こうに回し、一歩も引けを取らないといわれた刑事であった。

ふたりは一階フロアを通り抜け、エレベーターに入った。

点滅する階数表示を見ながら、大柴はいつしか渋面《しぶつら》になっていた。

中砂は近頃〝荒れている〟という噂だった。

刑事部屋の組対係のブースから、彼の怒声が聞こえてくることが何度かあった。独特の濁声だからすぐにわかる。〝マル暴〟というと、とかく荒っぽいイメージがあるが、四六時中、ヤクザめいた言動をしていては始まらない。

「中砂さんっていえば、昨夜の話、シバさんは聞いてますか」

「知らんが？」

「新宿の繁華街でチンピラ三人とトラブって、ひとり病院送りにしちゃったんです。さすがに箝口令《かんこうれい》も敷けずに、マスコミに嗅ぎつけられたようですが」

「どうしてそんなことに？」

「お子さんを山で亡くされたって話です」

「山で……」

「北岳ですよ。ひとり息子で、二十歳になったばかりだったそうです」

「だからってなあ」

大柴は鼻を鳴らし、口をつぐんだ。

「ところで、北岳っていえば、例の山岳救助隊のお膝元《ひざもと》でしょ。久しぶりに神崎さんに連絡してみたらどうですか」

「いいよ。彼女とはたんなる知り合いってだけだ」

真鍋がかすかに含み笑いを見せたので、大柴は不機嫌になった。

「未練とかないんですか」

「けっ」

大柴は口を尖《とが》らせ、わざと相棒の脇を肘《ひじ》で突いた。

エレベーターが扉を開き、ふたりはフロアに出てから刑事部屋へ入った。


中杉《なかすぎ》通りの歩道を少し歩いた。

ケヤキ並木からセミの声が聞こえてくる。気温が三十五度を超えているため、汗が滝のように流れる。ハンカチで額や首筋を拭きながら、足早に歩を進めた。

ファミリーレストランを過ぎたところに小さな喫茶店〈シルク〉があった。

中砂は木造りの扉を開いて入った。

エアコンの冷気に包まれ、ホッとする。

いくつかあるテーブル席は、ほぼ客で埋まっていたが、窓際のふたり掛けのテーブルにいる男が、軽く手を上げてきた。中砂は彼の向かいの椅子に座った。

猫背気味で小柄な人物だった。地味なスーツ、黒縁眼鏡をかけ、無精髭を生やしている。

足下に置いていた黒い手提《てさ》げ鞄《かばん》を取り上げると、蓋《ふた》を開き、中からＡ４サイズの茶封筒を出した。それを中砂の前のテーブルに置いた。

「終わったのか」

「山梨まで何度か足を運びました。調べられるだけのことは調べたつもりです」

視線を合わせず、俯きがちに男がいった。

名前は浅谷良治《あさたによしはる》。〈東亜《とうあ》探偵事務所〉の調査員である。

煙草《たばこ》臭く、すえたような男の体臭が鼻を突いた。中砂は不快だったが、黙って茶封筒を開き、中の書類を抜き出した。

若いウエイトレスがやってきたので、「アイスコーヒーをくれ」と注文し、中砂はそれを読み始めた。その間、向かいに座る浅谷は猫背で俯き、片足を揺すっている。

「ほう。新婚だったのか」

中砂はそういって少し笑う。

「先月一日に甲府市内のホテルで式を挙げています。いちおう、相手の女性についても調べておきました」

彼は頷き、プリントアウトされた書類をじっと読んだ。

アイスコーヒーが運ばれてきた。ウエイトレスが黙って伝票といっしょにテーブルに置いた。

中砂はシロップもミルクも入れず、ストローを口に含んで一気に半分飲んでから、また書類を目の前に持って行く。眉根を寄せながら、ざっと最後まで読んだ。

書類を茶封筒に戻し、残りのアイスコーヒーを飲み干した。

氷を鳴らして、テーブルにグラスを置く。

「ご苦労だった」

浅谷は足下に置いた鞄から、クリアファイルを取り出し、中砂に差し出す。

「請求書です。内訳《うちわけ》も詳しく書いてますので、よろしくお願いします」

中砂は黙って受け取り、見もせずに茶封筒の上に重ねた。

「ひとつ、お訊きしてよろしいですか」

伝票を摑んで立ち上がろうとした中砂が、浅谷を見た。「何だ」

「中砂さんは阿佐ヶ谷署の警察官ですよね。今回の調査対象も山岳救助隊員とはいえ、山梨県警南アルプス署地域課の警察官です。同じ警察官同士ならば、問い合わせなどである程度の調査はできると思うのですが、どうして外部の私を使ったりしたんですか」

中砂はしばし黙って彼を見た。

「同じ警察官だからこそ、ということもある」

浅谷は目を合わせず、フッと笑った。「なるほど」

中砂は書類を掴《つか》み、レジへと向かった。

8

野呂川《のろがわ》は南アルプスに源を発し、富士川に合流して太平洋に注ぐ一級河川だ。源流域は北岳や甲斐駒《かいこま》ヶ岳《たけ》などの登山起点となっていて、観光地でもあり、ことに今のような夏場に訪れる者は多い。

今年の春頃から、川沿いのあちこちにツキノワグマの目撃が頻発するようになった。もともとクマの生息数の多いエリアではあったが、これまで人目につくような行動は少なく、また事故もほとんどなかった。それが何の理由か、この春頃からたびたび人前に出没するようになった。

南アルプス市からの依頼で、ＷＬＰが付近のクマの生態調査を行うことになった。八ヶ岳支所のベアチームは二頭のベアドッグとそれぞれのハンドラー、さらに三名のスタッフで構成されている。今回はベテラン管理官のひとりである新海が彼のベアドッグとともに出動。補佐役が千晶であった。

南アルプス市の滞在は二週間を予定し、現地におけるクマの生態調査および、追い払い。場合によっては捕獲や放獣もする。

車はＷＬＰの公用車であるフォードＥ１５０だ。それを二インチほどリフトアップし、悪路走破ができるようにしてある。車内にはベアドッグ用のケージの他、クマを捕獲するためのドラム缶型檻《おり》が三分割して収納されていた。

相棒であるベアドッグはハナ。牝《めす》のカレリア犬である。

今は背後のカーゴスペースでケージに入り、おとなしくしている。

支所がある八ヶ岳市から南アルプス市までは、車で一時間弱のドライブだった。国道二十号線を走り、途中から県道十二号線に入って田園地帯を抜けながら南下する。

標高千二百メートルの支所からここまで下りてくると、さすがに気温も違う。

新海はウインドウを全開にしていたが、外から熱気が吹き込むようになって、窓を閉めてエアコンをつけた。人間は我慢できても、犬が熱中症になるためである。

「ハナは大丈夫ですか」

千晶に訊かれ、ステアリングを握った新海が頷いた。

「ああ。だいぶ良くなったからね」

少し笑って彼はいう。

左肩を撫《な》でてから、またステアリングを握り直した。

先月初頭、八ヶ岳市の武川町《むかわちょう》でクマが錯誤《さくご》捕獲された。地元狩猟会が設置したイノシシの箱罠に、体長一・二メートルぐらいの牝が入っていたのである。

連絡を受けて、八ヶ岳支所からベアドッグチームが出動。麻酔でクマを眠らせ、検体をしたあとで発信器付きの首輪を装着し、奥山放獣することになった。箱罠ごと軽トラックに乗せて別の場所に移動し、放獣をする段階で事故が起こった。

クマが檻の出入口から外に飛び出したとたん、急に向きを変えて、檻の背後に立っていたＷＬＰのスタッフたちに向かってきたのである。

そもそもクマは寝覚めのいい動物である。たとえば冬眠穴から飛び出した直後、全力疾走ができるといわれている。だから、麻酔から覚醒してすぐに、そうした行動を取ることはじゅうぶんに予察できたはずだった。

そのクマは手近にいた相手に襲いかかった。ベアドッグ、ハナだった。

新海は手にしていたベアスプレーを噴射しようとしたが、クマとハナがもつれ合っているため、躊躇してしまった。周囲に立っていた保全管理官たちは、大声を放って威嚇《いかく》したが、興奮したクマはハナへの攻撃をやめようとしない。

クマが少し離れた隙《すき》に、同僚の七倉航《ななくらわたる》管理官がもう一頭のベアドッグ、ダンをけしかけた。迫力のある声にクマがたじろいだ瞬間、新海はその顔に向けてスプレーを噴射。クマがもがき苦しむうちに、ハナの胴体に装着したハーネスを摑んで引き離した。

クマはさらなるスプレーの追い打ちと、花火の大きな音に脅されながら、森の中へと走り込んでいった。

スプレー噴射のカプサイシン（唐辛子《とうがらし》）のすさまじい刺激臭の中で、新海は激しく咳《せ》き込み、涙と鼻水を流しながら、ハナを抱きしめていた。

専属の獣医師によって事なきを得たが、ハナは重傷だった。

左肢と右の胴体に裂傷を負っていたが、クマの牙と爪によるものだ。適切な治療ののち、患部を嘗《な》めないよう、しばらく首にエリザベスカラーをつけられ、ハナは不機嫌な顔で支所のドッグケージに横になっていた。

新海はベアドッグのハンドラーになって長いが、自分の犬に怪我をさせたのは初めてのことだった。それゆえに精神的ショックは大きかったようだ。

以来、初めての出動だった。だから千晶も心配なのだ。

「ハナはクマを恐れるようになってないのかしら」

彼女にいわれ、新海はしばし考えていたようだ。

「犬の気持ちになってみろったって無理な話だからな。実際に、現場でクマに引き合わせてみるしかないよ。人間のようにトラウマが生じるようなことはないと思うけど」

千晶はフォードのリアゲートを振り返った。

大きなドッグケージの中、暗くて姿は見えないが、ハナの息づかいが聞こえた。

御勅使川《みだいがわ》を渡って南アルプス市に入ると、信号を右折して夜叉神峠《やしゃじんとうげ》へと向かう。

右に左にくねる山道をたどり、夜叉神峠のゲート前で一旦停車、車窓越しに係員に許可証を提示してバーを上げてもらった。

ここからは一般車両が通行できない県営林道南アルプス線。通称、南アルプス・スーパー林道である。遥か下に野呂川を見下ろしながら続く林道を二十分ばかり走り、やがて広河原に到着した。

坂道を下った先に野呂川広河原インフォメーション《I》センター《C》の二階建ての建物があり、その下流側に広河原山荘が見えていた。

駐車スペースにフォードを停めると、千晶と新海は車を降りた。

　インフォメーションセンターは坂の途中に立地しているので、出入口からそのまま直接、二階フロアにアクセスすることができる。ガラス扉を開き、ふたりは二階に入った。

　だだっ広いフロア。山型に組まれた梁《はり》の下、いくつかのテーブルと椅子。展示コーナーや売店、ハースゲートに囲まれたペレットストーブもある。そのフロアを抜けて、ふたりはインフォメーションカウンターの前に立った。

〈南アルプス山岳救助隊　広河原警備本部〉

　チェック柄のシャツ、髭を生やした初老の男性がカウンターの奥に座っていて、頬《ほお》杖《づえ》を突き、ウトウトと舟をこいでいる。ＩＣスタッフの霜田繁美《しもだしげみ》。千晶とは顔なじみだった。

　彼女は少し笑い、声をかけた。

「こんにちは」

　霜田がハッと目を開き、千晶を見た。

「ああ、関さん。いらっしゃい」

　霜田は目をしばたたきながら、いった。「お久しぶりです」

「クマの調査で来ました。滝沢《たきざわ》さんは小屋ですね？」

「今朝、買い出しで下山してましたが、昼前に戻ってきたようですよ」

霜田がいうので、千晶は頭を下げた。「ありがとうございます。車、駐車場に停めさせてもらいますね」

新海も頭を下げ、ふたりで階段を下って、一階ロビーから外に出た。

バス停の向こうにある広河原山荘に向かう。

リニューアル・オープンして間もない山小屋である。もとは野呂川の対岸にあったが、老朽化によって取り壊しが決まり、川の反対側、ＩＣのすぐ近くに新しく建てられた。鉄筋コンクリート構造三階建ての大きな建物で、一〇一名の宿泊者収容が可能である。

登山道入口にある小屋であるがゆえ、時間帯に関係なく、おおぜいの登山者や観光客たちが出入りしている。

玄関前を箒《ほうき》で掃いている若い女性スタッフに、千晶は管理人の居場所を訊いた。

「さっき川のほうに行きましたけど」

彼女は少し曇った顔でいった。「……また、クマが出たそうです」

「いつですか」と、新海。

「今朝、釣り人が見たって」

「わかりました。ありがとうございます」

新海とともに千晶は頭を下げ、ふたりで木立を抜けて河川敷に下りた。

野呂川の河原は白っぽい花崗岩《かこうがん》が主体で、それがゆえ、午後の日差しの照り返しがかなりあった。瀬音を立てて流れる渓流のすぐ手前に、広河原山荘管理人の滝沢謙一《けんいち》が立っていた。他に小屋のスタッフらしい男性が二名。

千晶たちが近づくと、彼らは振り返った。

「遅くなりました。すみません」

新海がいい、WLPのロゴが刺繍《ししゅう》されたキャップを脱いだ。

千晶もならった。

滝沢は短く刈り込んだ黒髭に、切れ長の鋭い目。肩幅の広い、大柄な男である。広河原山荘の二代目管理人であり、オフシーズンは猟師をやっている。強面な顔にもかかわらず、笑顔が子供っぽい。

「お疲れ様です。遠路はるばるありがとうございました」

そういって頭を下げてきた。

若いスタッフ二名もていねいにお辞儀をしてきた。

「今朝もクマが出没したとか？」

新海に向かって彼は頷く。

「渓流釣りで下流から登ってきた男性が、すぐそこで鉢合わせしたようです。体長は一メートルから一・五メートルの間ぐらいだったそうです」

そういって指差した先を千晶は見た。

いくつかの大岩の間を縫うように流れた川が、淵《ふち》と瀬を交互に作っている。下流から釣り登ってきたのなら、岩陰でクマの姿は遠視できなかったかもしれない。クマ鈴をつけていたとしても、急湍《きゅうたん》の水音でかき消されてしまう。

「その方は無事でしたか」

「さいわい双方に距離もあって、クマのほうから逃げてくれたようです」

人とクマが出会った場合、たいていはそうなる。基本的にクマは人間を恐れる習性があるためだ。

しかし、人がパニックして騒いだり、背中を向けて逃げたりしたら話は別だ。クマの襲撃事件の大半がそこに原因がある。

「先週も近くの林道や河原で三度も目撃されたし、ここのところ、やけに遭遇の頻度が高いですね」

滝沢は険しい顔でそういった。

かまびすしい声がして、上流を見ると、吊橋を大勢の人たちが渡っていた。ほとんどが登山者の服装ではなかった。ちょうど夏の行楽シーズンの真っ最中であり、この広河原は登山者以外にも多くの観光客が訪れる。

「この様子では、怪我人が出るのは時間の問題という気がします。しかし安易に駆除という方向で考えたくないんです」

なるほどと千晶は思った。

だから、近辺のクマの調査が必要となり、自分たちに白羽《しらは》の矢が立ったのだろう。

今回の調査依頼は〈南アルプスファンクラブ〉、すなわち北岳周辺の山小屋を管理するNPO法人である。数年前に亡くなった滝沢の父、仙三《せんぞう》は、初代広河原山荘管理人にして、このNPOの前代表でもあった。

「わかりました。ひとまず関係者で対策会議を開きたいと思います」

新海がいうと、滝沢が頭を下げた。「よろしくお願いします」

阿佐ヶ谷署刑事組織犯罪対策課のフロア。強行犯係の机が並ぶ一角は、いつものように刑事たちがあらかたデスクを空けて捜査に出ている。が、大柴哲孝と真鍋裕之は、たまたま外勤から戻って机に並び、事務仕事をしていた。

ふと大柴は顔を上げて、隣の組対係のブースを見た。

課員たちはすべて出払っているが、その一角、いちばん端の机はすっかり整理され
て、山のような資料が片付けられている。〝住人〟がいなくなったためだ。

大柴はじっと見つめた。

「中砂さん。まさか辞職とは……意外でしたね」

真鍋の声がした。大柴は渋面で向き直り、腕組みをした。

「周りの誰もが知らなかったって話じゃねえか」

「正直、ホッとしてる人が多いと思います」

真鍋がトーンを落とし、小声でささやくようにそういった。

中砂はマル暴の刑事の中でも名うての武闘派だった。

昔の暴対法以来、法律の締め付けがだんだんと厳しくなって、ヤクザは堂々と代紋
を掲げてのシノギがしにくくなり、表だった違法行為や暴力をあまりやらなくなった。

代わりに半グレのような連中がのさばるようになった。

中砂はそんな中、昔ながらの強面なスタイルで裏社会に顔を利かせてきたようだ。

「……やはり息子さんの一件が関係あったんでしょうか」

大柴は長い鼻息を洩らした。「わかんねえな」

たしかにたったひとりの息子を山で、それも若くして亡くしてしまった事実は、親としては容易に受け入れがたいだろう。だからといって、仕事を辞めてどうなるというのか。

中砂和俊の辞職を知ったのは今朝方だった。

課長の話によれば、辞表が出されたのが昨日の午後で、正式な受理が翌朝だったという。

中砂は午前中、しばらく署内にいたが、バタバタとあわてた様子で机の整理をして、周囲に何らの挨拶もなしに去ってしまったらしい。

やり残したこともたくさんあったに違いない。

辞職というよりも、忽然《こつぜん》と消えてしまったような気がして違和感が拭《ぬぐ》えない。

それにしても、やはり心に引っかかるのは、彼の息子のことだ。

山で亡くなった。それも北岳で――。

腕組みをしたまま、じっと考えた。

エアコンの効いた署内から外に出ると、八月の都会の熱気に当てられてうんざりした。

阿佐ヶ谷署の裏手にある駐車スペースである。

建物の壁に背中をもたせかけながら、神崎静奈の携帯の番号を液晶画面に呼び出した。液晶に表示される彼女の名をじっと見つめ、拇指《おやゆび》の腹でタップした。

呼び出し音が数回続き、彼女が出た。

――もしもし。神崎です。大柴さん、お久しぶり。

向こうの電話に番号が登録されていたようだ。

わざとらしく咳払いをしてから、大柴はいった。

「ちょっと急用なんだが、今、いいか」

――いいけど、藪から棒に何?

「少し前に、北岳で大学生が亡くなる事故があったろ。名前は中砂だ」

――ええ。でも、どうして?

「父親は……うちの署の同僚だった」

――え。

電話の向こうで静奈が言葉を失った。

「同じ刑事組織犯罪対策課でマル暴の刑事だ。ただし……今日になって急に辞職した。

あと五年もすりゃ、円満に定年退職だったのに、どうしてかあわただしく辞めちまった。どうもそのことが気になってな」

——実は、亡くなった要救助者の親御さんから訴えられていたの。救助のあり方に問題があったって、うちの地域課長と、現場で対応した関くんまで名指しにされてた。

大柴は驚いた。

「マジか？　それで……どうなった」

——裁判所から訴状が届いて以来、どう対応するかをこっちで協議しているうちに、一方的に向こうから取り下げられたのよ。

「どういうことだ」

——わかんないけど、結果として向こうに振り回されただけ。でも、一時はネットとかでずいぶん騒がれてたみたいだから、よけいな波風が立たなくて良かったって、みんなで安堵《あんど》しているところなの。

「いくら何でも、誰かを訴えたりとか、そんなことをする奴じゃないはずなんだが」

——原告は奥さんの名前だったわ。

「告訴されるような覚えはあったのか」

――冗談じゃない。こっちは現場でやれることはやったし、もちろん何らの不備もなかった。遺体を見たとたん、父親は一方的にキレてたけどね。もっとも、そういうことは過去に何度かあったけど、まさか訴訟までされるなんて。

「ここだけの話だが、あいつは仲間内の評判もあまり良くなかった。単細胞みたいにキレやすいし、あちこちでいろいろと問題を起こしてたからな。辞表を受けて、課長はホッとしてたよ。

――たしかにヤクザっぽい人だったけど、まさかマル暴だったとは驚きね。

「とにかく、そっちに何もなければいい。同じ課だが、俺もそう深く付き合っていたわけじゃないから」

――電話、ありがとう。

「こっちに来ることがあったら連絡をくれ。また、飲もう」

――諒解《りょうかい》。そのときはよろしく。

通話が終わった。

大柴はしばしスマホを握ったまま、ぼうっとしていた。

こめかみの辺りから流れ落ちる汗に気づいて、ズボンのポケットからハンカチを引っ張り出すと、ゴシゴシと顔を拭いた。

9

南アルプス市内の住宅地の片隅に、関真輝雄の新居がある。

二カ月前に購入したばかりの、ツーバイフォー建築の二階建て家屋だ。築十年目、芝生がきれいに刈られた小さな庭があって、レッドロビンの生け垣で囲まれている。

それまで関はずっと南アルプス署の独身寮で生活をしていたが、結婚をすることになってから、市内に戸建ての物件を捜していた。たまたま知り合いの不動産業者から勧められたのが、この中古家屋だった。

新妻の泉美は音大出で、ピアノの講師をしていた。

教え子の家庭に出向くこともあれば、ピアノ塾として、自宅に子供たちを招くこともある。だから、ちゃんとしたアップライトピアノが置けるスペースと、それを支える頑丈な床根太《ゆかねだ》の家というのが条件だった。

前オーナーはやはり居間にピアノを置いていたという。

だから関夫妻にはうってつけの条件の家だった。

詳しい場所をあらかじめ聞いていたので、関千晶は迷うことなく兄の新居にたどり着けた。新海のフォードのカーナビに住所を入れると、すぐにその場所が表示されたおかげである。

家の前で車から降りた千晶は、運転席の新海に手を上げた。

「また明日。よろしくお願いします」

新海は市内にあるビジネスホテルに投宿する。あいにくペット同伴可の宿が見つからず、相棒のハナは車のドッグケージの中で夜を過ごさねばならないが、出張の多いハンドラーとベアドッグは馴れきっていた。

「午前六時に迎えにくるからね。よろしく」

新海は手を振ると、フォードを方向転換させた。住宅街の道を走り去っていくのを見送ってから、千晶は向き直り、玄関前に行ってチャイムを押した。

――はぁい。

女性の声がして、間もなくドアが開いた。

ジーンズにエプロン姿。関泉美が微笑んで立っている。

「いらっしゃい。千晶さん」

「お世話になります」

そういって頭を下げた。

片手にぶら下げていたザックの雨蓋を開き、中に入れていた紙袋を引っ張り出す。八ヶ岳名物、金精軒《きんせいけん》の信玄餅《しんげんもち》だ。

「まあ。こんなこと、しなくてもいいのに」

肩をすくめて笑う泉美は、やっぱり嬉しそうだ。

「上がってください。お風呂の用意もできてますから」

招かれて三和土《たたき》で靴を脱ぎ、上がり込んだ。

バスルームでゆっくり入浴し、ドライヤーで髪を乾かして出てくると、キッチンテーブルにはすでに夕食が用意されていて驚いた。

鶏《とり》の唐揚げやささみのトマトソース和《あ》え、生野菜、漬物に味噌汁と豪華なメニューだ。夕刻前から料理を始めていたという。

茶碗にご飯をよそって泉美が渡してくれた。

「お代わりもありますから、遠慮しないでくださいね」

「ありがとうございます。フィールドワークを目いっぱいやって、凄《すご》く空腹だったの」

泉美は冷蔵庫から罎《びん》ビールを取り出し、栓を抜いた。

「どうぞ」

グラスに冷えたビールを注がれ、千晶は恐縮しながら受けた。

ふたりで乾杯をし、ビールを飲んだ。風呂で火照《ほて》った体に美味《おい》しかった。

「泉美さんって、お酒は？」

「けっこう好きなんです」

少し顔を赤らめながら彼女がいう。

「お兄ちゃんって、昔からあまり飲めなかったけど？」

「だから、ふたりのときは、いつも私ばっかり酔ってます」

泉美が肩をすぼめて笑った。

「先に見初めたのは泉美さんのほうだって、式のときに聞いたけど、本当ですか？」

ご飯を口に運びながら千晶が訊いた。

泉美は少し恥ずかしげに笑う。

「高校で同じクラスだったとき、実は真輝雄さんのことが好きだったんです。ずっと片思いだったんですよ」

「それって意外。いかにもオタクだし、地味な少年だったと思うんですけど」

「なんていうかな。ひたむきな感じに惹《ひ》かれたんです」

「たしかに真面目さだけが取り柄だったかもしれませんね」

　泉美のグラスが空いたので、千晶がビールを注いだ。

「私、周囲の女子たちからイジメを受けてたんです。無視されたり、嫌みをいわれたり、かなり露骨なことをされたりもしました。それを真輝雄さんが助けてくれたの」

　千晶が驚いた。「どうやって？」

「ホームルームのときに、手を上げて提言してくれたんです。具体的に相手の名前は出さなかったけど、クラスにイジメの事実があるって、はっきりといってくれた。おかげでそれ以来、露骨なイジメはなくなりました。相変わらず孤立はしてたんですけどね」

「そうなんだ」

「真輝雄さんは昔からおとなしかったし、クラスでもぜんぜん目立たなかったけど、凄く勇気を出して手を上げてくれたと思うんです。だけど私、そのときは感謝の言葉をいうこともできなかった」

「もしかして、お兄ちゃんのほうも泉美さんが好きだったとか？」

「そうかもしれません。いつもこっちを意識して見てることには気づいてました」

「ふたりとも奥手だったんですね」

「そうですね」

お互いに笑い合った。

「それが十年以上も経ってから、山でばったり出会うなんてドラマチックだと思います」

泉美は頷いた。

「女性ばかりの山仲間三人で北岳に登ったんです。下山で草すべりを下ってるときに足を滑らせて転んでしまって……あとで足首の骨折だってわかったんだけど、痛くて動けなかったから、携帯で救助をお願いしました。駆けつけてくださった救助隊の中に真輝雄さんがいて、その場で診断と処置をしてくれました」

「お兄ちゃんからも、その話、聞きました」

「最初は本人だってわかんなかったんですよ。なんか、見たことがある人だなあって」

「そんなに変わってました？」

「たくましいというか、凛々《りり》しい感じになって、別人みたいでした。真輝雄さんも気づいて、びっくりして声をかけられました。すぐにヘリで甲府の病院に運ばれたんですけど、それからもちょくちょく見舞いに来てくれました。病室で昔の思い出話なんかを話し合って、とても楽しかった……」

「素敵ななれ初めだなあ」

「千晶さんは、付き合ってる男性とかいらっしゃらないんですか」

「ぜんぜん」

笑ってビールを飲んだ。「年がら年中、仕事仕事で色気なし。先月、高校の同窓会があったんだけど、〝関千晶の彼氏はクマかよ〟ってみんなに笑われました」

「でも、とっても大事なお仕事だと思います」

「そういっていただけると嬉しいです」

しばしふたりで食事をしていたが、ふいに泉美がこういった。

「真輝雄さん。ここんとこ、電話の声が暗くて……」

千晶は顔を上げた。

「クレーム……というか、訴訟の件ですね」

泉美が頷く。「何しろ人一倍責任感が強いから、ああいうプレッシャーが応えるんですね。人の命を救う仕事って、本当に大変なんだなあと思います」

「お兄ちゃんって、昔から真面目一直線な人だったから。そこが強みだけど弱点でもあるんですよね。せっかく医学部を出て医師免許を取ったのに、そっち方面に行かずに警察官採用試験を受けて……それもノンキャリアの、ですよ。山で救助をしたいからって、それだけの理由だった」

「働きがいのある仕事だって、いつもいってます。あのまま医者になってたら、きっとすさんだ人生になってただろうって」

「山で救助をしながら、山に救われているんですね、きっと」

千晶はそういいながら、ふと思い出した。

「そういえば、五年ぐらい前。たしか秋頃だったけど、真夜中にお兄ちゃんから電話がかかってきたことがあったの。声がうわずってるし、洟《はな》をすすってるし、明らかに泣き声だったから、どうしたのって訊いたんだけど――」

千晶は少し息をついてから、いった。「子供が亡くなったっていうんです」

「子供が……」

泉美が目を見開き、彼女を見つめた。

「家族連れで北岳に来られていたんですけど、大樺沢ルートを下っているときに、バットレスからの落石に遭ったそうです。出動要請を受けて救助隊が出動すると、小学五年のお子さんが頭から血を流して動けなかったようです。ところがガスがかかっていてヘリが飛べず、お兄ちゃんがその子を背負って下山を試みたんだけど……途中で、亡くなってしまった」

「お気の毒に」

泉美はかすかに眉根を寄せ、そうつぶやいた。

「〝お父さん、お母さん〟って、ずっと背中で泣き声がしていたのが……ふいに聞こえなくなったって、電話の向こうでお兄ちゃんは声を詰まらせてました。それまでだって何人か救助の最中に亡くなったそうだけど、まだ小さなお子さんだったものだから、ことさら応えたって……」

千晶はそこまでいって、口を閉じた。

こみ上げてくるものがあって、あらぬほうを見て、目をしばたたいた。

泉美も指先で涙を拭っている。

「それ以来、お兄ちゃんはどこかが変わった気がするんです。ストレートに他人の命を守るという正義感みたいなモチベーションだったのが、常に自分自身に向き合って対面してるっていうか。これでいいのか、やれることはやったのかって、いつだって少し離れたところから、客観的に自分を見るような気持ちで救助をするようになったって、そんなことをいってました」

そこまで話して千晶はふっと笑った。

「あ。ごめんなさい。私ったら、なんだか深刻な話題に持って行っちゃって……」

「いいんです」

泉美も笑みを返した。「お聞きしながら、真輝雄さんらしいなって思いました」

「だから、今回のことも責任を強く感じたんだと思います。先方は告訴を取り下げたっていうことですけど、だからって自分が正しかったとは思わない。いっそう責任を感じてると思うんですよね」

「わかります」

「お兄ちゃんと結婚してくださって、ありがとうございます。山で力いっぱい働いて、この家に戻ってきたら、きっととっても癒《い》やされると思います」

「そういっていただけると嬉しいです」

少し頬を染めて泉美が笑った。


関の新居から少し離れた路上にシビックを停めていた中砂は、くわえていた煙草にライターで火を点けた。車窓を下ろし、吸い込んだ煙をゆっくりと口から吐き出す。

一階のキッチンらしい部屋の窓に、明かりが灯っていた。

少し前に関真輝雄の妹、千晶がここを訪れたのを見ていた。今頃、新妻の泉美とふたりで食事でもとっているのだろう。

助手席に置いた茶封筒に、〈東亜探偵事務所〉と印刷された文字が読める。

それを取って、中身を出した。調査員の浅谷良治がまとめた詳細な報告がクリップで留められていた。

南アルプス署地域課の警察官である関真輝雄に関するものだ。

何度となく読み返していた。

ここ三週間ばかり、浅谷は足繁《あししげ》く山梨に通っては、彼に関する情報を調査していた。短い期間ではあったが、さすがにプロだけあって、素人ではとても調べきれないことまで実に詳しく書かれてあった。

こうしてあらためて見ると、関真輝雄は風変わりな警察官だった。

いい大学の、それも医学部を出ている。本来ならば医療の道を選んだはずが、あえてそれを蹴って、山梨県警の、それもノンキャリアの警察官になった。山岳救助を志したからだという。

年齢や勤務状況からして、巡査部長から警部補になってもいいはずが、どういうわけか出世に縁遠く、昇任試験などはいっさい受けなかったようだ。だから十年を経て、今は巡査長という名誉階級を得ている。

もっとも山岳救助隊は夏山シーズン、すなわち六月から十一月までの間のみであり、それ以外はふつうの地域課の警察官として勤務に就く。救助要請があれば、冬山に出かけることもあるらしい。

人付き合いはあまりなく、地味で目立たず、温厚でおとなしい。

何よりも、愚直なまでに真面目で一本槍《いっぽんやり》な性格。そういう意味ではいかにも警察官にふさわしい人材だといえる。

こういう類いの人間は阿佐ヶ谷署にもいた。

えてしてそういう警察官に限って、出世には無縁だった。私利私欲の乏しい人間はいやでも淘汰《とうた》される。そんな世界だったからだ。自分自身も警部補までは行ったものの、寄らば大樹の陰のように大きな派閥に呑《の》まれなければ、それ以上の地位にはなれなかった。

もっともそのぶん、ヤクザたちの汚い稼ぎをかすめ取ったりもした。

決して誇れることではないが、それが当たり前のように思えていたし、今さら後悔もない。そのまま定年を迎え、退職し、老いさらばえていく人生をなんとなく予想していた。

それなのに――。

中砂はくわえていた煙草の火が、いつしか消えていることに気づいた。

乾いた唇からそれをむしり取り、ダッシュボードの灰皿に突っ込んだとき、スマートフォンが振動し始めた。ズボンのポケットに手を突っ込み、それを引っ張り出す。

液晶を見ると、妻の瑠璃子からだった。

――支度《したく》が調《ととの》いました。明日の朝、一番の列車でそっちに向かいます。

少しかすれた生気のない声。

息子が亡くなって以来、ずっとこんな感じだ。

「こちらも明日の朝、決行する」

やや、間があって妻がいった。

――本当にいいの？　こんなことをして。

中砂は眉間に深く皺《しわ》を刻んでいたが、自分を納得させるように頷いた。

「俺たち、他に何もできないじゃないか」

――そうね。

電話が切れた。

中砂はスマホの画面をタップし、ポケットにしまった。

それから新しい煙草に火を点けた。

10

翌朝、約束通り午前六時に、新海繁之のフォードは関の家の玄関前に到着した。

千晶は一時間前に起床していた。泉美が作ってくれた朝食をとり、あわただしく文度を終えて家を出た。泉美に見送られ、フォードの助手席に乗る。

「真輝雄さんに会えたら、よろしく」

「わかりました」

窓越しに彼女に手を振ると、車が発進した。

南アルプス市内から御勅使川をたどって登り、夜叉神峠のゲート前で停車すると、許可車両のプレートをダッシュボードの上に装着した。ゲートのバーを上げてくれた係員に頭を下げた新海が、林道に車を乗り入れた。

今日も早朝から晴天で、雲ひとつない空が広がっている。

左手の屹《き》り立った崖下を、野呂川がくねりながら続いていた。対岸に連なる緑の濃い夏山からは、しきりにセミの声が聞こえてくる。

広河原に到着すると、ＩＣの駐車場に車を停め、ふたりで広河原山荘へと歩く。

午前八時近くなって気温が二十五度ぐらいまで上昇していたが、町中と違って湿気がないのがありがたい。川風が心地よく吹き寄せてくる。

山小屋の前に管理人の滝沢の姿があった。スタッフらしい数名の男女もいる。

「おはようございます」

新海が声をかけると、彼らはいっせいに振り向いた。

「ちょうど良かった。ついさっき、またクマが出たんです」

滝沢にいわれ、ふたりは驚いた。

「詳しく教えてください」と、新海がいう。

「三十分ぐらい前に、スタッフのひとりが裏口から外に出たところで鉢合わせしました。向こうがあわてて逃げていったから良かったんですけど。体長一メートルと少しぐらいだっていうから、おそらく昨日、川で目撃された奴と同じだと思います」

滝沢の説明を聞いて新海が頷いた。

「生ゴミとか、何か匂いで誘引するようなものは？　ペンキみたいに揮発性《きはっせい》の臭いもクマを引きつけることがあるんです。」

「うちはそういうものは徹底して外に出さないようにしてますから、匂いに寄せられてきたんじゃないと思いますね。おそらく人間がいる場所に食べ物があると学習した個体じゃないでしょうか」

滝沢はオフシーズンは猟をする。

いかにもハンターらしい、専門的な知識があるようだ。

「わかりました」

新海は千晶を見て、いった。「早速、調査にかかろう」

彼女は頷く。


ベアドッグのハナを車から出し、山小屋の周辺から河原にかけて、一帯の臭気をたどらせてみた。

間もなく、顕著な反応があった。ハナは高鼻と地鼻を使い、夢中になって周囲を嗅ぎ回っている。日頃からクマの毛皮などで訓練しているが、実物の臭気をキャッチしたときのハナは大げさなほど高ぶった反応を見せる。

前回、放獣時の事故で傷を負ったハナも、すっかり勢いを取り戻していた。

いかに訓練を受けてきたベアドッグでも、ひとたびクマへの恐怖心が芽生《めば》えると、活動に支障を来してしまうことがある。しかしハナに限っていえば、そんな心配は杞《き》憂《ゆう》だったようだ。

クマの臭気はあちこちに残されていた。

人に目撃されたとき以外にも、クマはひんぱんにこの辺りをうろついていることがわかる。となれば、人的被害が出るのは時間の問題と思われた。

「このぶんだと犬を使って追い払いをやっても、また戻ってきてしまうだろう。やはり捕獲するしかないな」

新海はハナを呼び戻し、しきりに撫でながらいった。

いったん公用車であるフォードE150に戻り、カーゴスペースに収納していたクマ用の箱罠を引っ張り出した。通常の格子檻でなくドラム缶型になっているのは、閉じ込められたクマが爪をかけたり、かじりついたりして怪我をしないためである。

三分割されているそれを組み立てるのに、広河原山荘の滝沢やスタッフらが手伝ってくれたおかげで大いに助かった。

檻を設置する場所は、もっともひんぱんにクマが通るルート上が理想となるため、ふたたびベアドッグのハナに臭気を探知させ、顕著な場所を特定した。

クマの他、シカなどもそうだが、野生動物が行き来する獣道は、メインルートとなる主幹線と枝道が存在する。だからいちばん確実にそこを通るという場所を察知して、罠を仕掛けねばならない。

また、なるべく山小屋などから離れた場所でなければ、捕獲したクマを見ようと野次馬が集まってしまう可能性があり、思わぬ事故につながる。

クマを罠にかけるためには餌《えさ》を使うが、今の時期にいちばんクマが食べているものを参考にする。そのため、千晶たちは周囲を歩いてクマの糞を捜し、数カ所で見つけた中から内容物を採集してきた。

木の実や枝葉、皮や根などに混じって、ミミズや動物のものらしい腐肉。さらには、人間が残したらしい弁当の容器とおぼしきプラスチックの破片までが、クマの糞に混じっていた。

いくら注意をしても、木立や藪にゴミを捨てていく者はあとを絶たないのである。

けっきょく、リンゴに蜂蜜、さらに酒粕《さけかす》や米糠《こめぬか》を混ぜたものを使って誘引することになった。檻を設置した周囲の木に塗ったりしてクマを檻へと誘導し、ドラム缶の中に入るようにしなければならない。

罠をセットしたら、人が近づかないよう注意勧告の札を目立つように木立にぶら下げ、二十四時間稼働のトレイルカメラを数カ所にセットする。山小屋のスタッフたちから、宿泊者にアナウンスしてもらうことも大切である。

クマが檻に入れば自動的に扉が閉まり、同時にＦＭの電波で報せてくれる仕組みだ。

ちょうど昼頃に捕獲罠の設置が完了した。

フォードのリアゲートを開けて、ふたりでツールをしまい込んでいるところに滝沢がやってきた。

「よろしければ昼食を用意してますので、小屋にいらしてください」

「お世話になります！」

千晶が笑いながら、新海とともにお辞儀をした。さすがに腹ペコだった。

「それから、今夜の宿泊はうちのほうでお願いします。平日ですし、おふたりそれぞれのお部屋をご用意できますから」

滝沢の申し出が嬉しかった。

昨夜は兄の新居に泊まることができたが、いちいち南アルプス市内まで行き来するのは手間がかかりすぎた。できれば現場近くで寝泊まりしたほうがいい。何かあったときの対処もすぐにできるからだ。

「ありがとうございます」

彼女はふたたび頭を下げた。

午後になって、千晶から泉美のところへ携帯電話がかかってきた。

今夜は広河原山荘に宿泊するという。

今日も泊まるのなら、食材の買い出しにいかないといけないと思っていた矢先だったから、少し安堵した。千晶とは気が合って嬉しいのだが、さすがに連泊されると気を遣ってしまう。

これから御池の警備派出所に向かうと、彼女はいう。

夫によろしくといって、泉美は電話を切った。

キッチンテーブルに置いた買い物リストのメモをしげしげと見てから、それを冷蔵庫の扉にマグネットで留めたとき、玄関のチャイムが鳴った。

「はい」

インターフォンで返事をすると、男の声が聞こえた。

——関さまにお荷物が届いております。

「ちょっと待ってください」

三和土でサンダルをつっかけて、玄関ドアのロックを外した。

ドアを開けたとたん、目の前に立っているのが、宅配便の配達員にはとても見えない人物だと気づいた。

スキンヘッドに剃り上げた頭。黒っぽいスラックスに白の開襟シャツ。袖を肘までまくっている。鋭い双眸《そうぼう》でこちらを見据えていた。

「ど、どちら様……」

いいかけたとたん、口にハンカチを押し当てられた。

とっさに右手を振り回して抵抗したが、強い力で手首を握られた。悲鳴を放とうとしたが、できなかった。男の顔が急に歪んで見えたかと思うと、急速に意識が薄れていった。

11

——関くん。お客さんが表に来てるけど？

個室のドアがノックされ、神崎静奈の声が聞こえた。

狭いベッドに俯《うつぶ》せになって、枕元でノートパソコンを開いていた関真輝雄が振り向く。

「今、行きます」

返事をして、パソコンをシャットダウンさせた。

ベッドから下りて素足のまま、紐《ひも》をゆるめた登山靴を突っかけるように履いた。

部屋のドアを開くと、狭い通路に静奈と、星野夏実が立っていた。

「お客さんって、誰ですか？」

「四十代ぐらいの女性なの。関くんのこと、知ってるみたいだけど」

静奈がそういった。心当たりがなかった。

「とにかく、行ってみる」

関は急いで階段を下り、待機室を抜けた。静奈たちがあとからついてきた。

警備派出所の外に出てみた。

たしかに四十代ぐらいに見える中年女性が、そこに立っていた。

チェック柄の登山シャツに深緑のズボン。小ぶりのザックを背負い、灰色のハットをかぶっている。独りで登ってきたのか、連れ合いはいないようだ。

「関……ですが、何か？」

すると彼女は冷ややかな目を向けて、いった。

「中砂瑠璃子と申します」

一瞬、頭の中が真っ白になった。

「あの……もしかして中砂雅斗さんの……？」

「母です」

関は自分が硬直していることに気づいた。

しばし彼女を見つめていたが、なんと言葉を返すか迷ってしまう。

「このたびは……ご愁傷様《しゅうしょうさま》でした。息子さんのこと、心から残念に思います」

そういって頭を下げた。

深々とお辞儀をして顔を上げると、瑠璃子は変わらず関を見つめている。

足音がして振り向くと、派出所の出入口から江草隊長が出てきて、夏実たちの横で足を止めた。静奈が小声で彼女のことを耳打ちした。

江草は驚いた顔になる。

彼はいった。

「救助隊長の江草と申します。ここで立ち話も悪いですから、中へどうぞ」

中砂瑠璃子は、関から目を離さなかった。

「お願いがございます」

「何でしょう」と、江草。

「雅斗が亡くなった場所に案内していただきたいのです。ぜひとも、息子を見つけた関さんに――」

関はしばし迷ってから、いった。

「これからですか？」

瑠璃子が頷いた。

自分で判断ができず、仕方なくまた隊長を見た。

江草は一瞬、彼を見たが、瑠璃子に目を戻した。

「本来、救助隊員がガイド役をすることはできませんが、ご事情もおありでしょうし、私のほうから特別に許可を出します。関さん。よろしいですか？」

「自分が行きます」

「関さん……」

夏実が少し心配げに目配せしてきた。

関は頷いた。

「現場を知っているのは自分ですし、夕刻までには戻れると思います」

それから、瑠璃子に向かっていった。「準備をしますので、しばしお待ちください」

「さっき、マル暴の山岡《やまおか》さんからちょっと聞いたんですが……」

捜査車両のアコードのステアリングを握りながら、真鍋がぽつりといった。「中砂さん、癌《がん》で余命宣告を受けてらしたようです」

助手席で欠伸《あくび》をしていた大柴は驚いた。

「マジか」

真鍋は黙って頷いた。

西荻窪《にしおぎくぼ》の住宅地で空き巣事件が発生し、捜査のために署を出たところだった。甲州街道を荻窪方面に向かい、信号のひとつで停車していた。

目の前の横断歩道を、黄色い帽子をかぶった幼稚園か保育園の児童たちが列を作って渡っている。それぞれが楽しげにはしゃぎながら、車の前を通り過ぎていく。

「末期の肺癌らしいんですが、手術が困難な箇所なんですって」

「それにしちゃ、ヘビースモーカーだったが」

「どっちにせよ、結果は同じだと思われているんでしょう。同僚たちと呑んだときに、うっかり自分でいっちゃったようですよ。それもあって最近、あんなに荒れてたんでしょうね」

そういえば、と思い出す。

課のフロアにいるとき、中砂が咳き込む声をよく聞いていた。

痰《たん》が絡んでいたようだったが、ここ何カ月かは顔色もあまり冴えなかった。

ふと、大柴は自分の右手を見た。

煙草をやめて久しいが、人差し指と中指はまだ脂《やに》で黄色く染まったまま取れない。毎日、二箱は吸っていたから、今でも肺の中が真っ黒なはずである。捜査の多忙で去年、今年と定期健診をすっぽかしてしまったし、自分の中にも不安は残っている。

「それにしても、ひとり息子を山で亡くし、さらに本人は末期癌か……踏んだり蹴ったりって奴だな」

「退職に関して書類の不備があって、連絡を取らなきゃいけないのに、携帯にかけても出ないって課長がぼやいてました」

「何を考えてるんだろうな。あいつは」

大柴がつぶやいた。

信号が青に変わり、真鍋がアクセルを踏んで車を出した。

荻窪陸橋を越えたとき、スマートフォンが振動した。ポケットから取り出すと、神崎静奈の名が表示されている。

タップして、耳に当てた。

「もしもし」

――大柴さん。ちょっと訊きたいことがあって。今、いい？

「いいけど」

――中砂和俊警部補についてなんだけど。

「あいつは辞職したんだ。だからもう警部補じゃなくなった」

――辞職……ホントに？

「何しろ急なことで、こっちもびっくりしたんだ」

少し迷ってから、彼は思いきっていった。「それからな。あいつは肺癌だ。それも余命宣告を受けていたそうだ」

静奈が黙り込んだ。ややあって、いった。

――それで警察を辞めたの？

「はっきりとはわからんが、理由のひとつってのは間違いないだろう」

――彼ってどういう人？

「いかにもマル暴っていうか、今時いないコワモテな警察官で、ヤクザからも恐れられてたぐらい粗暴な男だったよ。少し前に歌舞伎町で、チンピラ相手にひと騒動を起こしたらしい」

――いっちゃ悪いけど、つまり〝脳筋〟っていうか、単細胞みたいな人なのね？

「ああ。例の訴訟の件だが、ひとり息子を失ったってことで、気が動転して、あんたらを逆恨みするなんてのは、奴ならじゅうぶんあり得ることだと思った」

――実は……奥さんの瑠璃子さんが、ひとりで北岳に来ているのよ。

驚いた。

「奥方、登山なんかやるのか？」

――格好からして、ビギナーには見えなかったわ。

「しかし、何でまた？」

――息子さんが亡くなった場所に案内してほしいからって……しかも関くんをとくにご指名なの。よりにもよって、訴えていた相手なのに、どういう風の吹き回しかしら。

「何か、裏がありそうな感じだな」

――おかげで、こちらもすっかり振り回されてる。けど、どうもそれだけじゃないような気がして……。

「その関という同僚は、中砂の奥方とふたりきりで出かけたのか？」

――ええ。

「念のために、もうひとりぐらいつけたほうが良くなかったか？」

――いつも遭難に備えているから、なるべく欠員を出せないのよ。それに、何かあると決まってるわけじゃないし。いちおうこっちから関くんには連絡して、さっきのことを伝えておくけど。

「そのほうがいいな」

——で、中砂さんだけど、辞職したあとの消息はわかっているの？

「班が違うからな。だが、本人と連絡が取れないって、課長が困っているらしい」

——連絡が、取れない？

「携帯がつながらないんだそうだ」

——何だか、いやな風の吹き回しね。

「同感だな。中砂のことについて、何かわかったら連絡するよ」

——ありがとう。よろしく。

通話を切って、大柴はふうと息をついた。

真鍋はずっと会話を聞いていたようで、心配顔で横目で大柴を見た。

「捜査のあとで、足を延ばして、中砂さんのご自宅に寄ってみます？　たしか、八王子だったと思いますが……」

大柴は少し考えた。

「詳しい場所はわかるのか」

「マル暴の誰かに訊けば大丈夫です」

「わかった。そうしよう」

大柴はダッシュボードに手を伸ばし、エアコンのレバーを操作して、冷気の吹き出しを強くした。それからまた、吐息を投げた。

12

草すべりの急登を、少しずつ登っていた。

関真輝雄が立ち止まり、振り返ると、すでに山小屋や警備派出所がある御池がかなり下のほうに小さく見えている。

中砂瑠璃子は山馴れしているのか、あまり疲れた様子はない。

無表情な顔のまま、関のすぐ後ろを黙ってついて歩いてきていた。

ジグザグルートをたどって、ようやく森の中に入ったところで、関はまた足を止めた。

少し離れた場所に瑠璃子が立ち止まり、ペットボトルの蓋を取ってスポーツドリンクを飲んでいる。やはり息が上がったり、バテたふうには見えず、関は感心した。

神崎静奈の話だと、彼女の夫は警視庁の刑事。それもマル暴らしい。息子の遺体を前に、粗暴な言動だったというが、なるほどと思った。

おそらく彼のほうは登山という趣味には無縁だろうと想像した。

「山はずいぶん登られてるんですか？」

何気なく訊いてみた。

彼女は遠い景色を見ながら、かすかに頷いた。

「若い頃から、あちこちの山に登っていました。北アルプス、富士山……時間を見つけては有名どころの山に行ってました。北岳は初めてなのですが」

はっきりと声を出して答えた。

「もしや……雅斗さんともごいっしょに？」

訊きにくかったが、思い切って口に出した。

瑠璃子はチラと関を見てから、頷いた。「あの子に山を教えたのは私です。今は深く後悔してます」

返す言葉が思いつかず、関は口をつぐんだ。

何をいっても、言い訳めいて聞こえてしまうだろうと思った。

スマートフォンの呼び出し音がした。

「失礼」

そういって関はザックを下ろし、雨蓋を開いてスマホを引っ張り出した。

神崎静奈からだった。

「もしもし？」耳に当てていった。

――神崎です。ちょっといい？

「いいけど」

声をひそませていい、ちらと彼女をみた。

瑠璃子は相変わらず離れた場所に立ち、遠くの景色を眺めている。

――無線だと声が洩れるから、こっちにしたの。

静奈の声。息が弾んでいるように聞こえた。

「わかってる。もしかして、出動中？」

――足首を傷めたって女性から要請があったの。二俣《ふたまた》の少し上だけど、今、四人で向かってるところ。

「合流できずにごめん」

――いいの。気にしないで。

静奈が少しトーンを落としてこういった。

──実は中砂さん……お父さんのほうなんだけど。肺癌で余命宣告を受けていたんだって。それが昨日、突然に辞表を出して退職してたそうよ。定年前だったっていうのに。しかもそれきり、本人の行方が摑めていないらしいの。

関は黙って考えていた。

いろいろな思いが胸中をめぐった。

もちろんひとり息子の死が原因だったに違いない。しかし、それだけだろうか。

そんなさなかに、妻の瑠璃子がひとりで北岳にやってきたのである。

──何だか、悪い予感しかしないのよ。

関も同様だった。

瑠璃子の姿を見ていると、名状しがたい不安がこみ上げてきた。

「とにかく現場の案内をしたら、すぐに戻るよ」

──くれぐれも気をつけてね。

通話を終えてスマホをしまうと、関はバンダナで額の汗を拭った。

標高二二三〇メートルの白根御池。

山小屋の前にある外テーブルに、何人かの登山者が座り、休憩をしたり、食事の準備をしていた。

関千晶は立ち止まって汗を拭った。

小屋の向こうに見える警備派出所のドアが開き、ちょうど見知った男が出てきた。

隊員たちからハコ長と呼ばれている江草隊長だった。

千晶の姿を見て、彼は軽く手を上げた。急いでそこに歩いて行った。

「ご無沙汰してます。兄がお世話になってます」

千晶は頭を下げた。

「あの……みなさんは？」

「あいにくと遭難事故があって、少し前に現場に出向いたところです」

江草はそういってから、ふと訂正した。「関さんは……ちょっと別行動ですが」

「兄が、どうしたんです？」

彼は神妙な顔でこういった。

「もしや、すでにお聞きかもしれませんが、われわれの救助にクレームをつけてこられた方がおられまして」

「ええ。うかがってます」

「その方の奥様が今、山にいらしているんです。ご子息の遭難現場を見たいということで、関さんを案内役に登ってらっしゃいます」

千晶はあっけにとられ、江草の顔を見つめてしまった。

「もちろん万が一、何かあってはと心配はしたのですが、なにぶん相手は女性ですし」

「そうですよね」

彼女は少し安堵した。

考えてみれば、そうだ。兄に何らかの具体的な危険が迫っているわけではない。

しかしながら、胸の奥底の不安が、なぜか拭えないのである。

「私……行ってみます」

決心して千晶はいった。「兄はどのコースに?」

江草は彼女を見ていたが、右手で指差した。

「草すべりから小太郎尾根に登りました。遭難現場は小太郎山への尾根線上です」

「ここから二時間ぐらいですよね」

「あなたの足なら一時間半ぐらいだと思います」

「わかりました。ありがとうございます」

千晶は江草に向かってお辞儀をし、ザックを背負ったまま、歩き出した。

木立を抜けるトレイルを踏みながら、関たちはゆっくりと登り続けた。木の間越しに午後の日差しが森の中に落ちてきて、足下に斑《まだら》模様の日だまりを描いている。高山鳥であるメボソムシクイのかすかな声がしていた。

ときおり、肩越しに振り向く。

中砂瑠璃子は少し離れて、俯きがちに歩を運び続けている。口を引き結んだその顔。いったい何を思って、ひとりでこの山に来たのだろうか。

彼女の夫のことが、心に浮かんだ。

末期癌。さらにひとり息子の死……。定年を前に退職した理由は想像がついた。しかし今、彼はどこにいるのだろうか。

途中、上から下りてきた登山者の何人かとすれ違った。

いずれも「こんにちは」と明るく挨拶の声をかけてきて、そのたびに関は応えたが、後ろに続く彼女はひと言も返さなかった。登山者たちは彼女が疲れているのだと思ったかもしれない。

そんな姿を見ながら、関は鉛のように重たい心を抱いて歩き続けるしかない。

メボソムシクイのさえずる森を抜け、やがて森林限界をすぎた。

最後の急登を詰めて、尾根線に到達した。

小太郎尾根分岐の道標の傍《そば》で足を止めると、周囲の眺望が大きく開け、隣り合う仙《せん》丈《じょう》ヶ岳《たけ》や甲斐駒ヶ岳、ずっと遠くの北アルプスまで遠望できる。空はよく晴れていて、夏の日差しがさんさんと降り注いでいた。

ザックを下ろして休みませんかといおうとしたときだった。

「雅斗が亡くなった場所はどこですか」

そう問われた。

関は少し躊躇してから、ほぼ真北にある小太郎山方面を指差した。

ちょうど頭上に羽音を立てて、ホシガラスが一羽、ふたりの上をかすめるように、その方角へと滑空していった。

「あの山に向かう尾根の途中です」

ふたりが立っている場所からは少し下り道となる。その稜線の途中だった。

関が指差す彼方を、彼女はじっと見つめた。

虚ろなその横顔がつらかった。

あの日、冷たい雨に濡れていた遺体。白蠟《はくろう》のように血の気をなくした死に顔を思い出し、関は胸が塞《ふさ》がるような気持ちに沈んだ。

よく見れば、そこに立つ瑠璃子の顔はその容貌《ようぼう》によく似ていた。

男の子は母親に似ることが多い。

関も同じだった。妹の千晶のほうは父似だとよくいわれたものだ。

「私を、そこに連れて行ってください」

彼女がいった。

関は黙って頷いた。

13

壁の時計が秒を刻むかすかな音がカチカチと続いている。

関泉美は知らない家にいた。

八畳程度の広さのキッチンスペースだった。

システムキッチンの流し台やガスレンジがあり、大きめの換気扇が外の風を受けて静かに回っている。二カ所のアルミサッシ窓は閉め切られ、閉じられたレースのカーテン越しに外の町並みが見えていた。

外は三十度超えの気温にちがいないが、エアコンのおかげで室温が保たれ、少し寒いぐらいだった。

煙草の臭いだけは別だった。

不快のみならず、不安と恐怖をもたらしてくる。

自宅の玄関先で何か揮発性の薬を嗅がされ、ずっと意識を失っていた。

途中で一度、覚醒した。目隠しをされ、車に乗せられていることはわかったが、麻酔薬のようなものを嗅がされたせいか、体が動かず、また昏睡《こんすい》してしまったようだ。

意識を取り戻したのは数分前だ。

気がつけば、この部屋にいた。

泉美は椅子に座らされ、後ろ手に縛られていた。ロープや手錠ではなく、結束バンドのようなものらしく、細く固い感触が手首に食い込んで痛かった。

猿轡《さるぐつわ》のようなものはされてなく、口は自由に開ける。が、大きな悲鳴を上げても、無駄だということはわかっていた。たとえ外の誰かがその声を聞きつけたとしても、とっさに助けにくるはずもない。

目の前に、大柄な男が椅子に座っていた。

スキンヘッドで開襟シャツの肩幅が広く、スラックスに靴下。両足を左右に広げ、椅子に逆向きに座って背もたれに肘を掛け、鋭い双眸で泉美を見ている。

くわえっぱなしの煙草の先から、紫煙が細く立ち昇っていた。

窓の外の景色は都会のようだ。甲府か、あるいは東京周辺かもしれないと思った。

「どうしてこんなことをなさるんですか」

恐る恐る、訊いた。

男は答えず、黙っていた。

煙草を指でつまんで口からもぎ取ると、肩を揺らして咳き込んだ。しばらく何度も激しく咳を続けてから、ようやく収まったようだ。手の甲で口許《くちもと》を拭い、また煙草を唇に差し込んだ。

咳をするたび、煙草の灰が床に落ちたのを泉美はじっと見ていた。

「中砂……さんですね」

男は太い眉をわずかに持ち上げ、泉美を見据えた。

「旦那から聞いていたのか」

「はい」

「逆恨みという奴だ。あんたは巻き込まれたんだよ。しばらくここにいてもらう」

「無言電話をかけてきたのはあなたですか」

「そうだ」

「どうして、こんなことを？」

もう一度、訊いてみた。

中砂は眉根を寄せて、しばし目を離していた。やがて彼女を見返し、いった。

「少し前に、たまたまテレビで山岳救助隊の特集番組を見た。あんたの旦那が所属している南アルプス山岳救助隊だ。いかにもプロっぽい活躍ぶりで遭難者を救助するんだ。ヘリコプターが出動したり、救助犬が働いていたり。見るからに頼もしい存在に思えた」

彼は言葉を切り、つらそうに横を向いた。「なのに、息子は死んだ」

しばし沈黙が流れた。

壁掛け時計のカチカチという音ばかりが聞こえている。

「それは救助隊のせいじゃないと思います」

泉美は思いきっていった。「お子さんが亡くなられたことはお辛《つら》い話ですが、真輝雄さんたちは全力で捜索したはずです。その努力が届かなかったことはたしかですけど」

「たったの一時間だった――」

中砂は押し殺したような声でいった。「あと一時間早く現場に着いていたら、雅斗は死なずにすんだ。遅れたのは奴らの責任だ」

「それは理不尽だと思います」

「理不尽か。そうだろうな。あんたは無関係だからな。だが、当事者にとってはきわめて深刻なことだ。奴らはたったひとりを救助しているんじゃない。おおぜいが山に登り、遭難事件があるたびに出動する。だから、たかがひとりの死にとらわれている心の余裕もない。次の事故が発生すれば、前のことなんか、きれいさっぱり忘れているだろう」

中砂は短くなった煙草を口からむしり取り、足下に落とし、靴下で踏みつけた。

「だがな。俺たちにとって雅斗はたったひとりの息子だったんだ。忘れようとしても忘れられやしない。しかも息子の死を、俺たちはこの先、ずっと引きずって生きていかなきゃならないんだ。ペットの犬や猫が死んだのとはわけがちがうんだよ」

「だからといって……」

「俺たちの悲しみは誰にもわかりやしない。だが、たったひとつだけ、思い知らせてやれる方法がある」

険しい顔でいった中砂を見ていて、泉美はその言葉の真意に気づいた。

まさか——と、思った。

「奥様は……どちらですか？」

中砂はチラと彼女を見た。

「北岳だ」

とたんに自分の胸の鼓動が大きく聞こえ始めた。

「今頃、あんたの亭主といっしょにいるはずだ。息子が死んだ場所でな」

「そんな……」

14

足首を固定された中年女性が仰向けに横たえられていた。

爆音がだんだんと接近して、県警ヘリ〈はやて〉が谷にアプローチしてくる姿が見えている。

神崎静奈は斜面に片膝を突いたまま、要救助者の手を握り、ヘリを見る。

機影がどんどん大きくなってくる。

――地上班から〈はやて〉。こちら、準備完了です。進入どうぞ！

杉坂副隊長がトランシーバーでヘリと交信している。

「これからあなたをヘリに収容します。十五分もすれば甲府の病院ですからね」

静奈の横で、夏実が声かけをした。

女性は顔色を失ったまま、はっきりと頷いた。

急斜面を下っているとき、浮き石に足をとられて転倒し、左足首を傷めたようだ。そこが腫《は》れ上がって熱を持っていたため、骨折と判断し、サムスプリントというロール式の添え木を使って患部を固定した。

発見直後に女性が嘔吐《おうと》したので脳の損傷を疑ったが、本人の話だと転倒の際に頭を打った記憶はないということで、おそらく痛みによるショック反応だろうと思った。

しかし万が一ということもあり、ヘリによる搬送を杉坂が要請したのだった。

ヘリがさらに近づいてきた。爆音が高まってくる。

トランシーバーを持った杉坂が手を上げて合図を送った。

〈はやて〉がさらに降下してくると、メインローターから吹き下ろすダウンウォッシュの強風が、周囲の土埃《つちぼこり》を派手に巻き上げ始めた。

にわかに空気が圧力を高めたように感じられる。

土煙の中、静奈は目を細めながら、要救助者の真上にヘリが空中定位《ホバリング》したのを確認した。

キャビンドアがスライドし、ヘルメットをかぶった乗員がゆっくりとホイスト降下をしてくる。副操縦士の的場功《まとばいさお》である。機上から操作をしているのは整備士の飯室滋《いいむろしげる》。操縦席のキャノピー越しにサングラスを掛けた納富慎介《のうとみしんすけ》機長の顔も見える。

ゆっくりと回転しながら地上に到達すると、急いでカラビナを外した。

「お疲れ様です！」と、夏実が大声で挨拶した。

ヘリの搭乗員は救助隊員たちとはすっかりなじみである。的場も片手を上げて返礼をし、要救助者にテキパキとハーネスを装着し始めた。

静奈たちが補助をしてピックアップの準備が完了する。

ヘリは上空でホバリングしている。

そのダウンウォッシュが彼らの髪や衣服を激しく躍らせている。

「これからヘリまで吊り上げます。途中はちょっと不安定ですが、絶対に大丈夫ですので安心してください」

静奈が大声でいい、女性が青ざめた顔のまま、かすかに頷く。

夏実と静奈がふたりして、女性を立たせた。

的場と抱き合う形にして、双方をハーネスで固定した。女性のザックは三十リットルぐらいの小ぶりなものなので、的場が片腕に引っかけている。

杉坂が人差し指を立てた手を回し、「巻き上げよし」の合図をヘリに送る。

ホイスト収容が始まってふたりの姿がするすると上昇していく。要救助者の女性は怖いのか、固く目を閉じている。

三十メートルばかり上空でホバリングしているヘリにふたりが収容されると、スライドドアが閉じられ、機体はわずかに斜めにバンクしながら方向転換をした。

静奈たちは機に向かって手を振り、〈はやて〉は空中を滑るように東の空へと向かって飛び去っていく。

爆音が遠ざかると、救助隊全員が撤収の準備を始めた。

御池の警備派出所に報告の連絡を入れているのは夏実だ。

――地上班。これより撤収します。

トランシーバーでの交信を終えると、落ち着かない顔で振り向いた。

「関さんの妹さんが御池にいらしたそうです。今、関さんたちのあとを追って小太郎尾根に向かったたって」

「何かあったの?」と、静奈。

「とくに何もないんだけど、何だか……いやな予感っていうか、どうにも落ち着かない感じです」

冴えない表情の夏実を、静奈はじっと見つめた。

ヘリの爆音が消えて静寂が訪れた大樺沢。

その静けさの中で、静奈ら隊員たちの中に妙な不安が生じていた。やはり〝あの一件〟が関わるとなると、誰もが穏やかにはいられないのだ。

「私、これから関さんのところに行ってみます」

意を決したように夏実がそういった。

この現場からなら、右俣《みぎまた》ルートを登れば小太郎尾根分岐に到達できる。救助隊の俊足であれば四十分程度で行けるだろう。

「私も行く」

静奈がいった。

杉坂副隊長に目配せをすると、彼は黙って頷いた。


小太郎山は標高二七二五メートル。

北岳への一般ルートから外れるために、そこに至る尾根を渡る者はほとんどいない。踏み跡が不明瞭な箇所もかなりあるし、ことに下り始めは二重山稜《さんりょう》といって、尾根筋が平行にふたつ並ぶ地形になっているため、ガスなどで視界が悪いときはルートを外れ、間違った方向に踏み込むこともある。

中砂雅斗の場合、そもそもが判断ミスによってこの尾根に入ってしまった。山頂方面から下ってきて、本来ならば右の斜面を下りるはずが、どうしたことか左のルートを選び、この小太郎山方面に入っていったため、結果として自分の居場所がわからなくなり、パニックにおちいって足場の悪い場所で滑落したものと推測される。

右と左を間違えるなんて単純なミスに思われがちだが、山という特殊な環境で、しかも悪天候の場合、人間は思わぬ判断の間違いをしてしまうことがある。

分岐点から見下ろすと、ゆるやかな下りが単調に続くように思われるが、実際に歩いてみると、意外にアップダウンも多い。

関真輝雄は黙然として下り道を歩き続けた。ときおり、後ろに続く中砂瑠璃子を振り返る。彼女も黙ったまま、ただ足を動かして斜面を歩き続けている。

やがて道はやや平坦になり、ハイマツとシャクナゲがはびこる広い藪になった。膝にかかるような濃いブッシュを抜けて歩き続けると、ふいに開けたところに出た。

真正面に甲斐駒ヶ岳。やや左手には仙丈ヶ岳が見えている。

前小太郎山と呼ばれる小さなピークを過ぎると、険しい岩稜帯があった。

そこが遭難現場だった。

関は足を止めて振り向いた。瑠璃子が追いついてくる。

「こちらです。雅斗さんをここで発見しました」

そういって岩場の下を指差した。

垂壁《すいへき》に近い傾斜の岩肌。その途中に要救助者が落ちていた岩棚があった。

記憶がよみがえってきた。

土砂降りの雨の中。氷のように冷たい岩の上に横たわっていた若者の姿。白蠟のように血の気を失った顔。開かれたまま、何も映っていない双眸――。

関は無意識に眉根を寄せ、口を引き結んでいた。

「あの子はこんなところで……」

瑠璃子の声に、我に返った。

彼女はザックを背負ったまま、岩の上に両膝を突き、じっと見下ろしている。

その顔は悲しげだったが、虚ろに開かれた目には光がなく、まるで一対の黒い穴のように見えた。あの日、ここで亡くなった雅斗の、生気を失った両目を思い出した。

瑠璃子はゆっくりと各部のストラップを外すと、ザックを足下に下ろした。雨蓋を開き、中に入れていたビニール袋を取り出す。

そこに入っていたのは小さな花束だった。キク類などを小さく切って輪ゴムで留めたものだった。根元に水を含ませたスポンジを巻いていたようだが、さすがに時間が経ってかなりしおれていた。

それを岩場から投げ落とし、瑠璃子はしゃがみ込み、両手を合わせて瞑目《めいもく》した。

関もそれにならった。

ゆっくりと目を開いたが、彼女はまだ目を閉じたままだった。かすかに何かつぶやいている。祈りの言葉なのか、小さく口が動いているのが見えた。関はじっと俯き、彼女の黙禱《もくとう》が終わるのを待った。

瑠璃子がゆっくりと目を開いた。

そのまま、立ち上がらずにじっと崖下を見つめている。

「雅斗さんのこと、本当にご愁傷様です」

関はそういった。

もっと気の利いたことをいいたかったが、言葉が思い浮かばなかった。

瑠璃子は振り向かず、同じ姿勢でじっとしたままだ。

その眦《まなじり》から、涙がこぼれて口の横を流れた。それを見て、関は胸が詰まった。

「どうして、発見が遅れたのですか」

ふいにいわれた。

想定外の場所だった――その言葉が口を突いて出てきそうだったが、いえなかった。心の中で言葉を選んだ。

「たしかに、私たちの不手際だったかもしれません。雅斗さんが、道迷いでこの尾根に入り込むことは予察できたことだったと思います」

彼女の目が関に向けられた。

「やはり、あなたがたのせいなんですね」

関は内心でたじろいだ。

雅斗の遺体を前にして、父親がいったあの言葉が脳裡によみがえった。

――あんたらが息子を殺したんだ。

すぐそこにいるかのように、その声がはっきり聞こえたような気がした。

体が硬直していた。

罪をかぶるべきなのか。しかしそれはあまりにも理不尽だ。

突然、バサッと羽音がした。

振り向くと、すぐ近くの大きな岩の上に、斑模様のホシガラスが留まっていた。

翼をたたみ、こちらに横顔を向けている。その片方の目が、じっとこっちを見ているのに気づいた。

関は憑《つ》かれたように、その高山鳥を見返していた。

「雅斗はゆいいつの希望だったんです」

関を凝視しながら、彼女がいった。唇がかすかに震えていた。「私たちにとって、あの子はかけがえのない宝物でした」

風が吹き、ほつれた後れ毛が頰を撫でている。

そのとき、携帯電話が鳴り始めた。瑠璃子のザックの中からだ。

彼女は無表情なまま、サイドポケットからスマートフォンを抜き出した。液晶画面を見ることもなく、拇指でタップして耳に当てた。

「はい……雅斗が亡くなった場所に来ています」

瑠璃子は冷ややかな声で、そういった。

関には相手がわかった。彼女の夫。雅斗の父親だ。

「ええ……いっしょにいます……もちろん、ふたりきりです」

関から目をそらしたまま、彼女は淡々とした口調で電話を続けた。

ふいに通話が終わったらしく、瑠璃子はスマホを登山ズボンのポケットに入れた。

後れ毛を片手で流してから、関に向かっていった。

「お話があります」

彼女は立ち上がった。「奥さんを、うちの人が預かっています」

関は驚いた。

「預かる……？」

一瞬、言葉の意味がくみ取れず、視線をさまよわせた。

まさかと思った。

「それは……泉美を拉致《らち》したということですか。あなたのご主人が？」

瑠璃子は関を見据えたまま、はっきりと頷いた。

きっと南アルプス市内の関の自宅から、強引に連れ去られたのだ。暴力をふるわれたりしたのだろうか。考えたくもないことを、どうしても思ってしまう。

「妻はどこにいるんです？」

「八王子の、私たちの自宅です」

まるで稲妻に体を貫かれたような気がした。

一瞬、思考停止状態になっていた。

「なぜ、そんなことを――」

「夫の計画でした。あなたにここで……息子が亡くなった場所で死んでいただくためです。言葉だけでお願いしたって、無理な相談でしょう？」

そんなことをいいつつ、瑠璃子は無表情を保っている。

関はおののいた。

突然、派手な羽音がして、岩の上にいたホシガラスが飛び立った。

椅子に座らされ、後ろ手に結束バンドで縛られたまま動けない泉美は、中砂和俊をにらみつけていた。

彼はシンクの流し台にもたれたまま、ズボンのポケットに片手を突っ込み、スマートフォンで誰かと話している。

「今、どこだ？」

低い声でいった。

電話の向こうで、かすかに女の声がしたが、はっきりと聞き取れない。

「わかった。それで、関はいっしょなのか」

関――その言葉で泉美は悟った。

相手はきっと中砂の妻だ。しかも夫の真輝雄が傍にいるようだ。

だとすれば、場所は北岳のどこかだろう。

それがどういう意味なのかを考えて、泉美は気づいた。

「まさか……」

思わず声が出た。中砂が振り向いた。

泉美を見ながら電話の相手に話した。

「ああ。こっちは予定通りだ。彼女とここにいる。そっちもふたりきりなんだな」

中砂がかすかに笑った。「……じゃあ、すぐに実行してくれるか」

相変わらずズボンのポケットに片手を突っ込んだまま、中砂がいった。

「終わったら電話をくれ。あるいはダメな場合も、だ」

通話を切ったスマホをポケットに入れると、彼は水切りカゴからグラスを取って蛇口の水を注ぎ、喉を鳴らして飲み始めた。

飲み終えてグラスを流し台に置き、口許を拭った。

「あんたも喉が渇いちゃいないか。といっても、気の利いた飲み物もないんだが」

泉美はかぶりを振った。

「いりません」

渇いているかもしれない。しかし自覚なんてなかった。

自分が拉致されたことがわかって、恐ろしくもあったが、それ以上に怒りが体を包んでいた。この男と、そして彼の妻が、何をもくろんでいるかがわかったからだ。

それでも訊かずにはいられなかった。

「奥さんは北岳で何をなさろうとしているんです?」

「あんたの夫はこれから死ぬ」

中砂が冷たい声でいった。「俺たちと同じ気持ちを、あんたは思い知ることになる」

泉美は激しいショックを受けた。

しかし狼狽《うろた》えを押し殺すように顔に出さず、中砂にいった。

「息子さんを亡くされたつらさは理解できます。でも、それって……当てつけですよね。あまりに身勝手すぎると思います」

声が少し震えていた。

中砂はスキンヘッドの頭を掌でしごくように撫でてから、開襟シャツの胸ポケットの煙草を取り出し、一本くわえた。ガスレンジのスイッチを入れ、青い炎に煙草の先を近づけて火を点けると、スイッチを切った。

煙を吸い込んだとたん、また咳き込んだ。

その苦しげな様子を見ているうち、ようやく彼女は気づいた。

「もしかしてご病気、ですか?」

中砂はしわぶいてから、手の甲で口許を拭い、煙草をまたくわえて先端を赤く光らせた。

「肺癌なんだ」

中砂はそういった。「あと、半年も生きられないそうだ。余命宣告って奴だ」

泉美はあらためて顔色の悪い中砂を見つめた。

「手術とかされないんですか」

「摘出が難しい場所なんだ。それにガン保険にだって入ってなかったから、高い医療費も払えねえんだよ」

「だからって……」

ふいに中砂がニヤッと笑った。「たしかに当てつけもいいところだよな」

「わかってらっしゃるのに、どうして？」

「こんな運命が悲しすぎるんだよ。俺たちがいったい何をしたって、いくら神を呪っても始まらない。怒りのやり場ってものがないんだ。だから、こうやってあんたらを巻き込んでしまった」

「そんな……」

そういって泉美は唇を噛んだ。

涙があふれてきて、頬を伝った。

「関さん」

中砂瑠璃子がいった。合成音声のように冷たく乾いた声だった。

「あなたに、ここから飛び降りていただきたくて、夫は奥さんを拉致したんです」

信じられない思いで、関は彼女を見つめた。

「……なんてことを」

崖下を見下ろした。

岩場から数メートル下の岩棚。滑落したとき、雅斗はたまたま運良くそこに引っかかっていた。もしもそうでなければ、さらに下――谷底に向かって、岩に叩きつけられながらどこまでも落下していただろう。

たったひとりの息子を失った悲しみはわかる。

だからといってそこまでの暴挙に走るのは、あまりに理不尽だった。

「そこまで他人を恨み抜く理由って、いったい何ですか」

瑠璃子は口を結んだまま、悲しげな目で関を見ていた。

「本当は、あなたや奥さんに恨みはないの。ただ……私たちはこんな呪われた運命を受け入れたままで死にたくないだけ。だから、誰かを巻き添えにしたかった」

「あなたも自殺するつもりなんですね。それに……中砂さんも」

瑠璃子は頷いた。

「いずれにせよ、私たち家族は終わりなんです」

「なぜ？」

「夫は末期癌です」

彼女はそういい、わずかに眉を震わせた。「……あと、せいぜい半年の命と医者にいわれたそうです」

関は何もいえず、ただ彼女を見つめるばかりだった。

「けっして、いい夫じゃなかった。ろくに家庭をかえりみず、たまに帰ればお酒を飲んでばかり。何度も暴力をふるわれたし、けっして楽な生活でもなかった。それでもあの人は息子の雅斗を愛していた。それだけが救いのようなものでした。夫がいなくなれば、私は独りきりになってしまう」

「ご自分の運命を呪って、他人を巻き込もうとなさっているんですか」

「そう」

「それでいいんですか？」

するとと瑠璃子は険しい顔になった。

「いいわけないじゃないの」

震える声でいった。「だけど、もう私たちにはいいことなんて何もない。この先、ずっと。生きていてももっと多くの不幸が続くだけ。こんな気持ちはきっと誰にもわかってもらえない」

「もちろん、わかりません」

関ははっきりといった。「でも、これだけははっきりといえます。あなたがたがしようとしていることは、絶対に間違っている」

瑠璃子はわずかに唇を吊り上げた。笑おうとしたのだとわかった。

「身勝手だってことは承知の上です」

そのとき、またスマートフォンの呼び出し音が聞こえた。

彼女は関を見据えたまま、ズボンのポケットからスマホを取り出し、耳に当てた。

「私です」

――終わったのか。

中砂の低い声が、はっきりと関の耳に届いた。

「いいえ」

――まさか、この期《ご》に及んで……。

「怖《お》じ気《け》づいたわけじゃありません。自分で納得したいから」

——莫迦《ばか》野郎。納得も何も、やれることはひとつしかないだろう？　もしもこれから俺たちだけで死ぬとしたら、惨《みじ》めな負け組でしかないんだぞ。

「あなたは昔からずっとそうでしたね。勝ち負けでしか、ものを見られない人だから」

——今さら、何をいう。

乱暴な怒声だった。

瑠璃子は悲しげな顔をしていたが、何もいわずにスマホを耳から離し、無造作にそれを投げた。彼女のスマホは大きく弧を描きながら、崖下に落ちていった。

おもむろに瑠璃子は関に向き直った。

「ごめんなさい」

涙をたたえた目で関を見つめた。

関は驚いた。

「本当は、私ひとりで死ぬつもりでした。だから関さんには、この場所を案内していただいただけ。あなたたちご夫婦を巻き込んだのは、夫の勝手な考えでした。実は奥さんばかりか、妹さんのほうも……誘拐する相手はどっちでも良かったの」

「千晶……？」

「いつだってそうなんです。あの人は何かにつけて、誰かを憎まずにいられない性分でした。そのくせ、自分本位になって体裁を繕《つくろ》うことばかり。訴訟の名義を無理やり私個人にしたのも、あの人でした」

瑠璃子は息をつき、目を閉じた。

俯いて呼吸を整えながら、こういった。

「どうすることもできなかった。私にやれるのは、あの子が亡くなった場所で自分もあとを追うことだけです。関さんたちには本当にご迷惑をおかけしました」

そういうと、思いを振り払うように素早く後ろを向いた。

「中砂さん！」

関が叫んだ。

崖から飛び降りようとした彼女の左腕を掴んだ。

バランスが崩れて、関はその場に倒れた。

瑠璃子が岩場から落ちた。

関はその腕を離さなかった。

崖っぷちから上半身を乗り出すかたちで、真下にいる瑠璃子の腕を掴んでいた。

「離して！」

宙ぶらりんにぶら下がったまま、瑠璃子が叫んだ。

同時に、もう一方の手で関の手を引き剝《は》がそうとした。

爪を立てられ、激痛が走った。

しかし関は離さなかった。歯を食いしばって、肘の辺りを必死に摑んでいた。

「お願いだから、あの子のところに行かせて！」

瑠璃子が大声で絶叫した。

「ダメだ。絶対に死なせない！」

関は叫びながら、自分も泣いていた。なぜだかわからぬまま、涙が止めどなくあふれてしまう。

「自分で死んじゃいけない。死にたくなくても死んでしまう人たちが、ここにはいっぱいいるのに――これ以上、この山で誰も死なせたくないんだ！」

関の声が震えた。また、涙があふれそうになった。

「それとも、こんなことで雅斗さんが喜ぶとでも――？」

ふいに彼女が脱力した。

涙をいっぱい溜《た》めた両目で、関を見上げていた。

15

小太郎尾根を下っていると、背後から足音がした。

関千晶が振り返ると、尾根分岐点のほうから駆け下ってくる二名の姿が見えた。

いずれもヘルメットをかぶり、山岳救助隊員の制服だった。

星野夏実と神崎静奈。女性隊員が二名、千晶のほうへと走ってくる。

——こんにちは、千晶さん！

夏実が手を振りながらやってきた。

ふたりは彼女の前に立ち止まり、さすがにハアハアと息をついている。

「事故の救助に行かれていたんじゃ？」

千晶が訊くと、静奈が汗を拭きながらこういった。

「さっき無事に保護して、ヘリ搬送が終了しました」

「どうしても、こっちが気になったものですから」

彼女の隣で夏実がそういった。

そういえば少し前、ヘリの音が聞こえていたのを思い出した。

「お気遣いいただいてすみません」

千晶が頭を下げたときだった。

遠く、かすかに声が聞こえた。男女の絶叫だった。

三人はハッと目を見合わせた。

とっさに小太郎山方面に向かって走り始めた。

ハイマツとシャクナゲのブッシュを抜けて、前小太郎山のピークを過ぎ、岩稜帯に出たとたん、千晶は思わず「あっ」と声を放っていた。

三十メートルばかり先の岩場。

その崖っぷちで人影が腹這《はらば》いになっている。崖下に落ちかかっている誰かを助けようと手を伸ばし、腕を摑んでいるのである。

崖の上に横たわっているのは千晶の兄、関真輝雄だ。

「お兄ちゃん！」

千晶は叫び、また走った。夏実と静奈がついてくる。

這っている兄の傍に立つと、身を乗り出すようにして、崖下を見下ろした。

垂壁に近い岩肌に中年女性がしがみついている。

関真輝雄は崖から上半身を乗り出すかたちとなり、右手を思い切り伸ばし、女性の左肘の辺りを摑んでいた。

女性は手も足も宙ぶらりんのまま、蒼白《そうはく》な顔でこちらを見上げていた。

関が手を離せば、そのまま落ちていくしかない。

彼女の足下は、まさに奈落の底に続く恐ろしい空間である。

パラパラと音を立てて、無数の小石が岩壁にバウンドしながら、遥か下へと落下していった。

「夏実！　私が下りる。確保をお願い！」

静奈が地面に下ろしたザックからザイルの束などを引っ張り出した。それを夏実に投げて渡し、自分はハーネスを腰に装着し始める。

懸垂《けんすい》下降をするには支点を構築しなければならない。しかし岩にボルトを打ち込んだり、カムを亀裂に差し込んでいる余裕はない。夏実は手近にあった頑丈そうな岩の突起に二重にしたスリングを巻き付け、強く縛り付けた。

「お兄ちゃん。しっかり！」

千晶が膝を突き、兄の手助けをしようとした。

ところが、相手の女性は兄の腕一本ぶん下の岩に張り付いているため、とてもじゃないが手が届かない。

兄が落ちないように、腰のベルトを摑んで岩の段差に靴底を当てがいながら踏ん張った。

「それよりも、泉美を助けてくれ」

腹這いの姿勢のまま、兄がそういった。

「泉美さんがどうしたの？」

「拉致されているんだ！」

兄の唐突な言葉に、千晶は愕然《がくぜん》となった。「まさか……」

「関くん。それってたしか？」

ハーネスをあわただしくまといながら、静奈がそういった。

「八王子だ。この人の家に監禁されているんだ」

千晶は気づいた。

今、兄が腕を摑んでいる女性は、中砂瑠璃子。

救助隊のひとりである兄を名指しで訴訟しようとした女性であった。

その夫が兄の妻を誘拐したというのか。

「本署に連絡しないと――」

夏実が確保の手を休め、自分のザックをたぐり寄せ、トランシーバーを取り出した。

「あっちに知り合いの警察官がいるから、私から連絡してみる」

そういった静奈が懸垂下降の準備を完了した。「——でも、今は救助が先!」

「静奈さん。わかりました」

夏実がトランシーバーをザックのホルダーに戻した。カラビナをスリングに引っかけると手早くザイルを通し、何度も引っ張って強度を確認し、振り返った。

「確保よし!」

夏実の声。静奈が片手を上げ、ザイルに摑まりながら身軽に降下を始める。

兄の体がわずかに震えているのに気づいた。

下の彼女の体重を腕一本で支えるのに、そろそろ限界が来ているのだろう。

千晶は必死に力を込め、関のズボンのベルトを強く摑んだ。

ザイルが震えている。

それを見て千晶は不安になったが、支点を確保した岩はかなり頑丈そうだから心配なさそうだ。下りている静奈も、上から誘導する夏実も、ともに経験豊富な救助隊員である。

突然、崖の上に手が出現し、五本の指が岩角を摑んだ。

静奈のヘルメットが下から現れた。続いて中砂瑠璃子も。

夏実が膝を突き、まず静奈を引っ張り上げた。

崖の上に這い登った静奈が向き直り、夏実とふたり、瑠璃子の体を力任せに引きずり上げ、その場に横たえた。

「ふう」

静奈が横座りに足を投げ出し、夏実も力尽きたように尻餅をついた。

千晶は急いで兄の上体を引っ張り上げた。

ふたりはもつれ合うように、その場に転がった。

そのとたん、硬い岩に肩をぶつけて千晶はうめいた。

「大丈夫か」

兄にいわれて頷き、千晶は笑った。「大丈夫。お兄ちゃん、良かった」

「中砂さん。よく頑張って耐えましたね」

夏実の声に、瑠璃子がそっと顔を上げた。

あっけにとられたような表情で、ふたりの女性救助隊員を見、近くに転がっている兄妹を見つめた。ザンバラに乱れた髪が、汗だくの顔半分を覆うように張り付いていた。

「……関さんの奥さんを、助けてあげてください」

瑠璃子はかすれた声でいった。

静奈が汗を拭いながら立ち上がり、近くに落ちていた自分のザックを摑んだ。

サイドポケットからスマートフォンを引っ張り出した。登録した番号を呼び出した。

すぐに相手が出たらしく、大声で通話を始めた。

「大柴さん？　神崎です。大至急、お願いしたいことがあって――」

スマホで会話を続けている静奈のズボンを見て、千晶は驚いた。

左の膝頭に大きな穴が開き、剝《む》き出しの皮膚がすり切れて、赤く血がにじんでいる。

岩壁に下降して救助しているときに、膝をすりむいたのだろう。

静奈は自分の傷の痛みにも気づいていないのか。夢中で相手と話している。

通話を終え、彼女が向き直った。

「阿佐ヶ谷署の刑事二名が、ちょうど中砂さんの家に向かっていたところだった。あと五分ぐらいで到着するって！」

千晶は驚いたが、しかし泉美の無事を確認するまで安心はできない。

兄もまだ不安な表情だ。

「先方と連絡が取れたら、刑事さんたちが到着する前に、中砂さんを何とか説得ができるかもしれません」

夏実がヘルメットを脱ぎ、額の汗を拭いながら、そういった。「和俊さんの携帯の番号、わかりますか？」

瑠璃子は暗記していた番号をいった。

静奈が画面をタップし、スマホを耳に当てた。

――おかけになった番号は、現在、電源が入っていないか、電波の届かない場所にあります。

女性の冷たい声がスマホの小さなスピーカーから洩れて聞こえてきた。

「やはり、一刻も早く大柴さんに行ってもらうしかなさそうね」

静奈がそういった。

泉美は意外にも自分が落ち着いていることに気づいた。

さっきまでパニックに襲われそうになっていたのに、いつしかこんな異常な情況に馴れてきたのかもしれない。もちろん相変わらず恐怖心には憑《とりつ》かれていたが、冷静にこの事態を考える心の余裕ができていた。

一方、中砂はいらだちが高じて、どうにも落ち着かない様子だ。

何度、呼び出しても妻が応答しないため、彼は自分のスマホを足で踏みつけて、徹底的に破壊していた。

その破片が床のあちこちに散乱している。

素足の裏を液晶の欠片で切ったらしく、床に血の跡がついていた。

「中砂さん」

泉美が恐る恐る声をかけた。

彼は反応しなかった。両手に拳を握ったまま、あらぬ方を見て、肩を上下させていたが、ふいに原形をとどめぬほどに壊れたスマホを遠くに蹴飛ばすと、シンクの縁を両手で摑み、蛇口の栓をひねった。

流し台に頭を突っ込むようにして、水道水で頭や顔を乱暴に洗った。ほとばしる水がタイルの壁や床に飛び散っている。

やがて彼は手を止めた。

流し台に突っ伏し、じっと動かずにいた。

泉美はその背中を食い入るように凝視していた。

「中砂さん……」

また、声をかけてみた。

「うるさい」

彼が濁声でいった。肩が小刻みに震えていた。

右足の下から血が流れ、床を赤黒く汚している。

「足……大丈夫ですか？」

中砂は背を向けたまま、流し台の縁を拳で乱暴に叩いた。

「チャラチャラと声をかけるな！　少しは黙ってろ！」

低い声で怒鳴られた。

泉美は肩をすくめた。歯を食いしばって自分の心を制した。

「あの――」

遠慮がちに小声を出してみた。

「ちょっとだけ、聞いていただけませんか。つまらない話だと思うんですけど」

中砂は動かなかった。

さっきみたいに、また怒鳴られるかと思ったが、じっと黙っている。

少し考えてから、いった。

「私の夫は、あなたのお子さんを助けられなかったことを、本当に悔やんでいました。あの晩、あの人は電話を掛けてきて、自分たちの不出来を泣きながら話してきました」

依然、中砂の後ろ姿は動かなかった。

それを見つめながら、泉美は続けた。

「長い間、山で救助をしてきて、助かった人もいれば、亡くなった人もいる。そのたびに真輝雄さんたちは喜んだり、深く打ちひしがれたり。あの人が背負って下山している間に息を引き取った人もいたそうです。そのときの絶望感は例えようもなかったって。だからこそ、真輝雄さんたちは人の……命の重さを、誰よりも知っているんだと思います」

しゃべっているうち、ふいに熱いものが胸の奥からこみ上げてきた。

涙がこぼれ落ちた。

両手を縛られているため、拭いようもなかった。

しゃくり上げながら、泉美は涙を流し続けた。

「ごめんなさい」

泣き声を震わせ、泉美はいった。「やっぱり、あなたには関係のないことですよね」

中砂が長い吐息を突き、よろりと動いた。

泉美は口を閉じ、彼を凝視した。

右手をゆっくりと伸ばすと、中砂はキッチン台の抽斗《ひきだし》を開けた。その中にあった出刃包丁の柄を摑んで、おもむろに向き直った。

泉美は硬直した。

素足で床を踏みながら歩いてきた中砂が、黙って泉美の背後に立った。

死を覚悟した。

夫の名を心の中で呼びながら、ギュッと強く目を閉じた。

プツッと音がした。

泉美は目を開いた。

自分の腕の束縛が消えた。思わず振り向く。

寸断された白いナイロンの結束バンドが足下の床に落ちていた。自由になった両手を前に持ってきて、信じられないという気持ちで見つめた。

両手首に赤く細く、縛られた痕跡が残っている。

傍に立っている中砂を見上げた。

「あんたは、立派な奥さんだ」

彼は包丁を握ったまま、あらぬほうを見て、立っていたが、また流し台の前に戻って、それを抽斗に戻した。おもむろに振り向きざま、泉美に向かって、またいった。

「俺の負けだ」

「中砂さん……」

泉美は途惑ったまま、彼の名をつぶやいた。

ふいに中砂が肩をふるわせて笑った。

「いかんな。勝ち負けにこだわってばかりだと、また女房に愚痴《ぐち》られちまう」


家の表に車の音がした。

ドアの開閉音が聞こえ、しばらくして、チャイムが鳴った。

中砂が歩き、キッチンスペースから出て行った。

すぐそこで、騒々しい声が聞こえた。男たちの怒声だった。

驚いて見つめる泉美の目の前、ワイシャツにネクタイ姿の男が、だしぬけに部屋の中に踏み込んできた。土足のままだった。

背が高く、日焼けしたように顔が黒い。口の周りに無精髭を生やしていた。

「関泉美さん、ですね」

彼女は頷いた。

男はズボンのポケットから警察手帳を出し、バッジのついたページを開いた。

「阿佐ヶ谷署の大柴です。あなたを保護するために来ました。お怪我は？」

泉美はかなり狼狽えていたが、やがて小さく首を振った。

「大丈夫です」

「よかった」

「あの……私、帰れるんですか？」

「もちろんです」

大柴と名乗った刑事が白い歯を見せて笑った。

中砂がもうひとりの刑事らしい、少し小柄な男に腕を掴まれ、黙って歩いてきた。

両手に手錠が掛けられているのが見えた。

「中砂さん……」

泉美は声をかけた。

しかし彼は俯いたまま、こちらを見ようともしなかった。


「泉美さんはご無事だったわ」

静奈が安堵した顔でスマホをしまっていった。

その言葉を聞いた瞬間、関は気が抜けたように座り込んでいた。

すかさず千晶が支えてくれた。

「お兄ちゃん。しっかり」

「ありがとう」

妹に礼をいった。

「それで中砂さんは？」

顔を上げて訊《たず》ねると、静奈は神妙な表情になる。

「泉美さんの身柄といっしょに阿佐ヶ谷署に移送中だって」

「やはり……あの人、逮捕されたんですね」

関は静奈から目を離し、近くに座っている瑠璃子を見た。

彼女はうなだれたまま、髪を垂らしていた。その姿を見ているうちに、しだいに暗い気持ちになっていった。

妻の無事がわかってホッとしたものの、素直に喜べずにいた。

「ご迷惑をおかけしました」

瑠璃子がかすれた声でいった。

関は返す言葉がなかった。彼女の姿を見て、ただただ悲しかった。

たとえ命が助かっても、誰ひとりとして幸せになれない。そんな厳然たる事実が、重く心にのしかかっていた。人を救助して、これほどつらい気持ちになったことは、かつてなかった。

夏実も静奈も、妹の千晶も、その場で目を伏せていた。

「もう一度……やり直してみます」

声がして、関は驚いた。

中砂瑠璃子だった。

彼女は顔を上げ、まっすぐ遠い景色を見つめていた。

その横顔を関は凝視した。

目は充血し、頬に涙の痕があったが、意外や涼やかな表情をしている。

「腕を摑んでくださっていたとき、あなたはこうおっしゃいましたね。〝これ以上、この山で誰も死なせたくない〟って」

関は頷いた。

「――そのとき、心の中に雅斗の声が聞こえたような気がしました。〝父さんと母さんは生きていてくれ〟って、あの子がはっきりといったんです」

瑠璃子の潤《うる》んだ目が遠い山々に向けられている。

関はその視線を追った。

すぐそこに見える小太郎山の頂上。その向こうにそびえるのは甲斐駒ヶ岳だ。

傾いた日差しを浴びて、荒々しく屹《き》り立った頂稜がほのかにピンク色に染まっていた。神々《こうごう》しいという言葉がふさわしい、山の絶景である。

「お願いがあります」

瑠璃子の声に、関はまた視線を移した。

彼女はまっすぐ関を見ていた。

「私を、逮捕してください」

「なぜ？」

「あなたがたは警察官なんですよね。だから、そういいました。私は夫と共謀してあなたがたを脅迫しました。もしも人生をやり直せるのなら、罪を償《つぐな》ってからにしたいんです」

関はかすかに笑った。

「脅迫なんてされてません」

「でも、私たちはあなたがたを逆恨みして、精神的に追いつめようとしました。それにこんな場所にまで来て……」

「たしかに、崖から落ちそうになったあなたを救助しました。山岳救助隊として当然のことです。それがわれわれの仕事ですから」

瑠璃子は驚いた顔で関を見た。

「何かいわれたり、あったとしても、あくまでも民事という範疇《はんちゅう》ですよね。それは被害者が被害届を出さない限りは事件として成立しません」

関はそういって、傍に座る妹にいった。「千晶は何か、被害を受けたか？」

彼女は小首をかしげ、それからおどけたようにこういった。

「うーん。ぜんぜん記憶にないけど」

関は瑠璃子に目を戻した。

「あなたの夫は誘拐という具体的な犯罪に手を出してしまったし、おそらく現場で現行犯逮捕となったと思います。だから、われわれとしては何もいえません。しかしあなたは……おひとりでこの山に登りに来られた。それだけですよね？」

あっけにとられた顔で関を見ていた瑠璃子が、ふいに顔をゆがめた。

掌で口許を覆い、目を閉じ、肩をふるわせた。

また眦から涙があふれていた。

「もう夕方が近いし、そろそろ御池に戻りませんか」

夏実の声がした。

ヘルメットを小脇に抱えた彼女は、ふたつの笑窪《えくぼ》をこしらえて笑っている。「今夜は山小屋でゆっくりお休みください。ご無事で麓まで下りてこそ、登山は完結するものですからね」

瑠璃子は涙を拭い、そっと頷いた。

「いっつつ……」

立ち上がろうとした静奈が声を洩らした。

ズボンの左膝。破れた穴から赤く血がにじんだ皮膚が露出していた。

「ごめん。すっかり忘れてた」

関がいって、自分のザックの中からファーストエイドの小箱を取り出した。

その場に座り直した静奈が立てた片膝の傷を、ミネラルウォーターの水でたんねんに洗った。脱脂綿で血を拭きながら、関真輝雄はふと肩越しに振り向いた。

中砂瑠璃子が立ったまま、夕日に赤く染まった山々に目を向けている。

その横顔も、ほのかに薄紅色に彩《いろど》られてみえた。

16

野呂川の河原から少し離れた森の中に仕掛けられた罠から発信があった。檻の扉が閉まると、自動的に電波が飛んでくる仕組みになっていた。

WLPの制服を着た関千晶と新海繁之、ベアドッグのハナが駆けつけると、中でツキノワグマが暴れていた。さほど大きくない、平均的な体軀のようだ。

新海はハナを慎重に檻に近づけ、クマの臭いを嗅がせた。

前回、別の錯誤捕獲されたクマを放獣した際の事故で、手痛い傷を負ったハナだが、そのことを忘れたかのように、果敢に猛々《たけだけ》しい声で吼《ほ》えていた。

捕獲から三時間ばかり経って、八ヶ岳支所から三名ばかり応援が到着した。

いずれも新人で二十代の青年たちである。

計五人のスタッフで、捕獲したクマの調査を始めた。

ドラム缶の穴の外から飛ばした吹き矢で麻酔をかけ、やがて寝入ったクマを中から引き出して台に載せ、体長や体重を計測した。

一・二メートル、重さは六十一キロ。牡《おす》の成獣だった。

麻酔はよく効いているようで、直腸に体温計を挿入しても、注射器で血液を抜いても、目を閉じてだらんと舌を出したまま、ピクリとも動かなかった。

クマの血は、剃った少量の体毛とともに専属獣医のところに持ち込まれ、ホルモン分析やDNA鑑定など詳しい検査が行われることになっている。

千晶が一眼レフのデジカメでクマの写真を撮影していると、いっしょにいたベアドッグのハナがけたたましく吼えた。尻尾を振っているため、よく知っている人間を見つけたのだとすぐにわかる。

振り返ると、広河原山荘からここに至る道を若い女性が早足で歩いてくるのが見えた。

兄の妻、関泉美だった。

他のスタッフたちも驚いて見ている。

「あ。知り合いです」と、千晶がいった。

チェックのシャツに深緑色のミニスカート。柄物のタイツを穿《は》いている。四十リットルぐらいのザックを背負い、ブッシュハットを紐で背中に垂らしている姿は、まさに山ガールだ。

「こんにちは！」

明るく声をかけられ、千晶は駆け寄った。

ハナもノーリードだったために走ってついてきた。

「泉美さん。お元気そうで安心しました」

「千晶さんも大変でしたね」

ふたりは、手を取り合って笑った。

泉美はしゃがみ込んでハナを抱きしめた。激しく尻尾を振る犬を愛撫《あいぶ》してから、そっと立ち上がった。

「あれって、クマですか？」

檻の前に横たわっている動物を指差した。

千晶は「そう」といって頷く。

ふたりはハナとともにクマの前に行った。

台計りから下ろされて、マットの上で目を閉じて寝入っているツキノワグマは、丸いふたつの耳に黄色い認識用のタグをつけられたところだった。

「ここらを荒らしてた子です。今朝方、ようやく捕まえたんですよ」

千晶が説明すると、まじまじと見てから泉美がいった。

「思ったよりも小さいんですね」

「ツキノワグマの平均体長は、この子のような牡で百二十から百四十センチぐらいです。東北のほうに行けば、もっと大きな個体もいますけど。大きめの犬ぐらいですね」

「そうなんだ」

「北海道のヒグマだとそうはいきません。二メートル、三メートルなんてふつうにいますから、別の生き物と思ったほうがいいですよ」

「ちょっとだけ、触ってみてもいいですか」

泉美がいうので笑って頷いた。

彼女は恐る恐る右手を出し、横倒しのクマの背中をさすった。ゴワゴワとした手触りに驚いているようだ。

「獣臭っていうんですか。かなり凄いですね」

「食べるものとか、牡と牝とか年齢によっても獣臭は違います。でも、犬がときどきやって困ることがあるんだけど、クマも腐った動物の死骸に毛皮をこすりつけて、自分の体に臭《くさ》い匂いをまとう習性があります」

「それって、わざとですか？」

「強い臭いによって、同族とか天敵などに対して縄張りを誇示するためっていう説が濃厚です」

「天敵……クマよりも上位の動物っているんですか？」

驚いて訊いた彼女に、千晶は笑いながら答えた。

「もちろん、人間のことです」

泉美は驚いた顔で見返したが、納得したらしい。

「そうですよね。この自然の中でも、人間がいちばん怖い生き物なのかもしれません」

そういったとたん、泉美の顔がわずかに曇った。

事件のことを思い出したに違いない。まずい話題を振ってしまったと千晶は後悔した。

「あ。私なら大丈夫です」

泉美はふいに立ち上がり、笑顔を作った。


ふたりは少し離れた場所に移動し、野呂川が見える岩場にやってきた。

岸辺に、ちょうど座り心地の良さそうな倒木があったので、そこに並んで座った。

朝日が差した野呂川の水面が、キラキラと輝いている。

水辺のどこかでカジカガエルの美しい鳴き声が聞こえていた。

「大変な事件でしたね」

千晶がいって、隣に座る泉美を見た。

「あの日のことはたしかに怖かったけど、いろいろと考えさせられました。おかげで真輝雄さんたちの仕事に関して、前よりも深く理解できたような気がします」

「泉美さんは強い人だと思います」

「そんなことないです」

肩をすくめて彼女がいった。「でも、頑張って虚勢を張ってなきゃ、警察官の妻なんてとても無理ですから。いろんな意味で――」

「なるほど、そうですよね」

千晶はそういった。

中砂夫妻のことを思い出した。

兄から聞いた話によると、けっきょくふたりは夫婦の生活を取り戻したようだ。

夫の和俊は誘拐および監禁という罪を犯したが、泉美が被害届を出さなかったために不起訴となり、保釈された。

そのの ち都内の病院に入ったという。

ステージの進んだ肺癌ゆえに、生還は難しいかもしれない。だが、妻の瑠璃子は最後まで夫に寄り添うつもりだと関たちにいったらしい。

――関さーん。そろそろお願いします。

新海の声がした。

　肩越しに振り返ると、木立の向こうに、ＷＬＰのスタッフたちに囲まれたクマの姿が見えていた。

「あのクマ、どうするんです？」

「檻に戻して、別の場所で奥山放獣します」

「それでまた帰ってきたりしないんですか」

「そうならないように、ベアスプレーを使ったり、ハナのようなベアドッグに思い切り追いかけさせたりして、人間への恐怖心を植え付けるんです。もっとも、前のときには偶発的に事故が起きて、檻から出したクマが逆襲してきたおかげで、ベアドッグと新海さんが怪我を負ったんです」

「怖いですね」

　千晶は頷いた。「山岳救助隊もそうだと思うけど、私たちの仕事も危険と隣り合わせです。だから、必ず基本に立ち返ってます」

　泉美は感心した。

「じゃ、私、戻りますね」

　そう答えると、千晶は倒木から腰を上げて立ち上がった。

「お仕事中にすみませんでした」

泉美が頭を下げた。

「いいんです。会えて嬉しかった。これから御池の警備派出所まで？」

「はい。真輝雄さんがなかなか下界に下りてこられないもんだから、いろいろと届け物があって……」

「新婚さんですもんね」

千晶の言葉に、泉美が少し頰を染めて笑った。

「はい」

元気のいい声に、千晶は笑みを返した。

広河原から白根御池までの直登ルートを、関泉美はゆっくりと時間をかけて登った。

森を抜ける急登である。

頭上の枝葉の隙間から落ちてくる八月の強い日差し。しかし左手の大樺沢のほうから吹き寄せてくる風が心地よかった。木立の合間から、キビタキらしき野鳥のさえずりが美しく聞こえている。

二年ぶりの北岳だった。

この山でたまたま関と再会し、交際を始めて結婚したのだが、実はあれきり一度も足を運んでいなかった。だから久しぶりに夫に会うという以外にも、自分の足で北岳を楽しみたいという気持ちがあった。

第一ベンチを過ぎ、やがて第二ベンチと呼ばれる場所で休憩を取った。

ザックを下ろし、ベンチに腰掛けて水筒の水を飲んでいると、涼やかな音色のクマ鈴を鳴らしながら、若いカップルの登山者が上から下りてきた。

「こんにちは」

男性のほうが、明るい声で挨拶してきた。

「こんにちは」と、泉美は返した。

「あと少しで山小屋ですから、頑張ってください」

女性にいわれ、泉美は頭を下げた。

「ありがとうございます。その鈴、きれいな音ですね」

彼女は自分のザックのサイドストラップに吊したクマ鈴を振り返った。

「広河原の辺りにクマが出たっていうから、ちょっと怖くて……」

「さっき捕獲されてましたよ」

泉美はそういった。

「え。じゃあ……鉄砲とかで殺されちゃったんですか？」

心配そうな女性に泉美は笑いかけた。

「檻で捕まってたから大丈夫。別の山に運ばれて放されるそうです」

「そうなんだ」

ホッとしたような彼女の隣で、男性のほうがいった。

「じゃ、バスの時間がありますので、これで」

女性も頭を下げた。

「お気をつけて」

泉美は手を振った。

涼やかなクマ鈴を鳴らしながら、カップルが木立の間を下りていった。

急登をクリアして道が少し平坦になると、尾根の中腹を横切るトラバース道になった。そこをたどって三十分ほどで、にわかに森が途切れ、開けた場所に白根御池小屋が見えた。

発電機の音がかすかに空気を震わせていた。

泉美は自然と笑みを浮かべながら歩き続けた。

山小屋の前のベンチに、数名の登山者たちが座り、談話したり、カメラを向け合ったりしている。その傍を歩いて、小屋の向こうに見える山岳救助隊の夏山常駐警備派出所の建物を目指そうと思ったときだった。

——泉美さん！

声をかけられ、彼女は足を止めた。

山小屋の正面玄関前に救助隊の制服姿の女性が二名。

星野夏実と神崎静奈。ともに泉美が知っている隊員たちである。

ふたりがこちらにやってきたので、泉美も足を向けた。

「いらっしゃい」と、静奈がいった。

「北岳へようこそ」夏実が笑う。

「こんにちは。その節はいろいろとありがとうございました」

挨拶をしてから、泉美はブッシュハットを脱ぐと、ズボンから引っ張り出したバンダナで額の汗を拭った。

「あの……真輝雄さんは？」

「実はついさっきまで、そこに立って、あなたをずっと待ってたの」

静奈が苦笑いしながらいう。「それが、ちょっと急な用事ができちゃって……」

「ごめんなさい。本当は十五分も前に来ているはずだったんですけど、ついつい足を止めて休憩したり、写真を撮ったりしてたもんですから、すっかり遅くなってしまいました」

そんないいわけをいってしまい、肩をすくめて小さく舌を出した。

それから真顔になった。

「でも、用事って？　まさか、事故とか？」

「違います」

夏実が後ろを指差した。「派出所の裏にいます。発電機が壊れて修理をしてるんです。他の隊員たちがパトロールに出ちゃったもんだから仕方なく――」

「わかりました。行ってみますね」

泉美はふたりに向かって頭を下げた。

おもむろにまた歩き出した。

派出所の入口前でザックを下ろし、泉美は裏側に回り込んだ。

建物に隣接して、バラック小屋のような小さな建築物があり、正面入口の扉が開かれていた。そこからエンジンの駆動音らしきものが聞こえてくる。

泉美は入口からそっとのぞき込んだ。

薄暗い中に、救助隊の制服姿の男がふたり。

ひとりはどっしりとした体型で、髭の剃り跡が青々と濃い。たしか名前は横森一平といった。その向こうに夫の姿があった。

制服の袖を肘までまくり上げ、大きなモンキーレンチを手にし、〈ＨＯＮＤＡ〉と書かれた赤いガソリン式発電機の横で腹這いになっている。排気音が耳をつんざくほど大きくて、泉美がそこにやってきたことにふたりとも気づかないようだ。

「こんにちは！」

エンジンの音に負けないよう、大声を張り上げた。

関真輝雄が驚いて顔を上げた。

それを見て、泉美は思わず噴き出してしまった。

関の額や頬に真っ黒なオイルがびっしりとついていて、まるで汚しメイクのように見えていた。

「泉美……」

関がつぶやき、目をしばたたいた。

「関先輩。あとは俺がやりますから――」

横森にいわれ、彼は持っていたレンチを渡してよろりと立ち上がった。

ゆっくりと泉美の前に歩いてきて、彼女に対面して足を止めた。

しばしふたり、じっと向き合っていた。

ふいに騒々しい排気音が止まり、泉美は驚いた。

見れば、横森が気を利かせてくれたのか、筐体《きょうたい》の側面に手を伸ばし、エンジンの始動スイッチを切っていた。横森が振り向き、真っ黒な顔で拇指を立ててみせた。

「悪いな」

関がいって、向き直った。

彼女は煤《すす》けた夫の顔を見つめた。

関が微笑み、こういった。

「泉美……よく来てくれたね。やっと会えた」

「うん」

こみ上げてくるものを何とか抑えながら、頷いた。

涙があふれそうになったが、何とかこらえることができた。

「実は、おまえに……いい忘れていたんだ」

「何？」

すると関は、まるで子供のように人差し指で鼻の下をこすり、こういった。

「――生きていてくれて、ありがとう」

とたんに千晶がしゃくり上げた。

あふれる涙を今度は止めることができず、夢中で夫の胸に飛び込んでいた。

解　説

西上心太

標高三一九三メートルを誇る国内第二位の高峰北岳。その北岳の二二三〇メートル地点にある北岳白根御池小屋の隣りに設置されているのが、山梨県警南アルプス署が管轄《かんかつ》する警備所である。厳冬期を除きここには山岳地帯の救助活動に特化した警察官が常駐しており、登山者たちの安全を見守っているのだ。さらにこの警備所の他にはない特徴が、三頭の山岳救助犬がおり、救助隊の三人のハンドラーと共に遭難者の救助に当たっていることである。

犬たちも含んだ彼らの活躍を描くのが、樋口明雄の看板シリーズに成長した〈南アルプス山岳救助隊K－9〉シリーズである。なおこの設定は架空のものであり、御池小屋に警備所はないし、残念ながら警察が山岳救助犬を活用している事実もない。

このシリーズも本書で十一作目を数えることになったので、これまでのリストを上げておこう。なお二作目以降および文庫化の際につけられたサブタイトル〈南アルプス山岳救助隊K－9〉（⑤を除く）は省略している。

①『天空の犬』（徳間書店、二〇一二年）→（徳間文庫、二〇一三年）
②『ハルカの空』（徳間書店、二〇一四年）→（徳間文庫、二〇一五年）
③『ブロッケンの悪魔』（角川春樹事務所、二〇一六年）→（ハルキ文庫、二〇一七年）
④『火竜の山』（新潮社、二〇一六年）→『炎の岳』に改題（新潮文庫、二〇一八年）
⑤『レスキュードッグ・ストーリーズ』（山と渓谷社、二〇一七年）→（ヤマケイ文庫、二〇一八年）
⑥『白い標的』（角川春樹事務所、二〇一七年）→（ハルキ文庫二〇一八年）
⑦『クリムゾンの疾走』（徳間文庫、二〇一八年）
⑧『逃亡山脈』（徳間文庫、二〇一九年）
⑨『風の渓《たに》』（徳間文庫、二〇二〇年）
⑩『異形《いぎょう》の山』（徳間文庫、二〇二一年）
⑪『それぞれの山』（徳間文庫、二〇二二年）　本書

こうしてみると、ほぼ年に一冊というほどよいペースで上梓《じょうし》されている。これからもこのペースを維持して続いていってほしい。

シリーズを通しての主人公はボーダーコリーの雌犬《めすいぬ》メイのハンドラーである星野夏実巡査部長だ。他人の感情が色になって見える共感覚という特種能力の持ち主でもある。しかもただ見えるだけでなく、その感情が自分の心にもダイレクトに伝わってしまうのだ。そのため負の感情が押し寄せて、ダメージを受けてしまうこともある。

一作目の『天空の犬』が出版されたのは二〇一二年だった。あの東日本大震災の翌年である。作者自身もこの大災害に心を痛めた一人であり、『ブロッケンの悪魔』が上梓された際の筆者との新刊インタビューで次のように語っている。

「あの震災や原発事故が日本の分岐点になったと思います。時代ががらりと変わってしまった。小説を書く上でもあれは避けられない。自分としては3・11はずっと意識していて色濃く落として書いているつもりです」（「ランティエ」角川春樹事務所、二〇一六年三月号）。

星野夏実はメイと共に東日本大震災の救助活動に派遣された。だが災害地にあふれる残された者たちの悲しみが奔流《ほんりゅう》となって彼女の心に流れ込み、夏実は堪《こら》えきれなくなってしまったのだ。そして半年間の休職を経て異動した勤務地が山岳救助隊だった。救助隊の訓練は厳しかったが、北岳で訓練に明け暮れる日々を送るうち、夏実の心の傷は徐々に癒《いや》され、一人前の救助隊員に成長することもできたのだ。

作者が山登りに目覚めたのは、杉並区の阿佐ヶ谷に在住のころ、漫画家の永島慎二から登山ナイフを渡されたことがきっかけだったという（山梨日日新聞、二〇一七年七月六日付の記事）。余談だが、阿佐ヶ谷時代に多くの時を過ごした、酒場でのさまざまな仲間たちとの交流がアイデアの源泉となった、スラップスティック・コメディ・アクション小説『武装酒場』（ハルキ文庫）『武装酒場の逆襲』（同）は必読の面白作品だ。

登山ナイフをプレゼントされてから、作者は近郊の高尾山から登り始め、その後は八ヶ岳や南アルプスにも足を伸ばしたという。登山への意欲が高まったためか、一九九九年には阿佐ヶ谷を引き払い山梨県に移住する。華やかな都会暮らしから一転、山間部での生活を始めたのである。二〇〇二年にはついに北岳に初登山し、やがてこの山の虜《とりこ》になっていく。

このシリーズに限ったことではないが、山が舞台になる樋口作品に通底するのが、それぞれの山に宿る「神聖」を尊ぶ心である。それは樋口明雄自身が常に心に抱いている思いであり。その思いは夏実たち登場人物たちにも強く投影されている。

北岳から都心に向けてミサイルの発射計画を実行するテロリストのような国際レベルの犯罪者から、逃亡犯や思いをこじらせたストーカーまで、手前勝手な理屈やエゴを山に持ち込む者がこれまで登場してきた。

彼らのように、山に畏敬《いけい》の念を持たない者たちに敢然と挑み、神聖な山に平穏を取り戻す物語がこのシリーズの骨子なのだ。だが、北岳の厳しい自然は、時として不届きな者と対峙《たいじ》する夏実たちにも等しく牙を剝《む》く。人間にはコントロールできない自然を受け入れ、敬虔《けいけん》な気持ちを忘れず、能力の限りを尽くす。そんな夏実たち――すなわち犬と人間の姿――に魂を揺さぶられるのが、このシリーズを読む楽しみであり喜びなのだ。

本書『それぞれの山』は二つの物語が収録された中編集だ。

「リタイア」では人気歌手グループ〈ANGELS〉でリードヴォーカルを務める安西友梨香が再登場する。彼女は山ガールとしても有名で、番組の取材で北岳登山に挑んだのだが、彼女を追ってきたストーカーが傷害事件を引き起こす。あわやというところで友梨香の命を救ったのが夏実たちだった（『風の渓』）。

その事件以来、夏実と友梨香は親しくなった。その友梨香が一人で北岳にやってきた。さらに小説家の鷹森壮十郎も取材のため編集者とやってくる。前年の暮に夏実とジャーマン・シェパードのバロンのハンドラーである神崎静奈が、〈ANGELS〉のライヴ見物に上京した。その際に二人がトラブルから救った人物が鷹森だったのだ。友梨香は、北岳でストーカーに襲われた際の恐ろしい記憶が、頻繁《ひんぱん》にフラッシュバックする症状に苦しめられていた。一方の鷹森は大酒飲みのヘビースモーカー。やたらと傍若無人《ぼうじゃくぶじん》な態度を見せるが、どこか憎めないベテラン作家である。二人は互いにある目的を持ちながら、頂上への道をたどる。

友梨香はPTSDに加え、アイドルを続けることへの疑問と不安にとらわれている。鷹森もまた、老境が近づく作家ならではの悩みも抱えている。年齢も職業もまるで違う二人に北岳はどのような答えを出すのかが読みどころだ。

「孤高の果て」は、逆恨みの物語だ。大学生の青年が単独行で遭難死する。暴風雨の中、救助に全力を尽くしたのに、遭難者の父親から心ない言葉をぶつけられてしまう。その矢面に立ったのが夏実の同僚で、結婚式を挙げたばかりの関真輝雄巡査長だった。その後、遭難者の母親の名で民事訴訟が起こされる。

『クリムゾンの疾走』と『逃亡山脈』で神崎静奈と深く関わった警視庁阿佐ヶ谷署の大柴哲孝刑事がみたび顔を見せ、なかなかの活躍を見せてくれる。持っていきようのない負の感情に耐えられず、目の前にいる者に生《なま》の感情をぶつけてしまうことは、最近頻繁に見かけるようになってきた。特に顕著《けんちょ》なのがＳＮＳに代表されるネット社会だ。そして言葉だけではなく、ある行動を計画するところから、この物語は動きだす。

東京と北岳で二つの動きがシンクロして進行していく。北岳から臨む景色に、計画を実行に移した者は何を見たのか。山が原因となった悲しみが、山に抱かれたことで癒されていく物語でもある。

シリーズ初の中編集はいかがだったろうか。夏実とよい雰囲気になりつつある同僚の深町敬仁巡査部長との関係はどうなるのか、神崎静奈のことが気になってしかたがない大柴哲孝は、また登場する機会があるのか。次作以降どのような展開になっていくのか、楽しみは尽きない。

人と犬、人間と人間の相棒小説。大自然が舞台の山岳冒険小説。警察小説。そのすべてを兼ね備えているのが、〈南アルプス山岳救助隊Ｋ－９〉である。ハイブリッドな面白さに満ちた、極上のエンターテインメントこそ、いまあなたが手にしているこの本なのだ。

二〇二二年八月

この作品は徳間文庫のために書下されました。
なお本作品はフィクションであり実在の個人・団体などとは一切関係がありません。

徳間文庫

南アルプス山岳救助隊K-9

それぞれの山《やま》

2022年9月15日 初刷

著者 樋《ひ》口《ぐち》明《あき》雄《お》

発行者 小宮英行

発行所 株式会社 徳間書店

東京都品川区上大崎三－一－一 〒141－8202
目黒セントラルスクエア

電話 編集〇三(五四〇三)四三四九
販売〇四九(二九三)五五二一

振替 〇〇一四〇－〇－四四三九二

印刷
製本 大日本印刷株式会社

ISBN978-4-19-894781-1 (乱丁、落丁本はお取りかえいたします)